JN197620

S神さま!!!!!!!!

小坂レオ
Reo Kosaka

文芸社

序章

坂戸《さかど》市。

僕が生まれ育った町。

地図で見ると分かるけど、埼玉県のど真ん中にあり、カメレオンが舌を伸ばしているような形をしている。

都心から四十五キロメートル圏内に位置している坂戸市は、都会というには駅前が閑散としているが、田舎といわれるほど田舎でもない。大手の電器店やスーパー、ファミレスなどテレビＣＭで流しているような店は結構あるし、コンビニもある。もちろん二十四時間営業だ。ただ、歩いていける所にはない。車が必要な土地柄。バスもあるけど本数は少ないので不便。自転車が精いっぱいの中学生にはきつい。

以前、池袋に勤めていた父親に、「坂戸は田舎なの?」と聞いたことがある。その時の答え。

「都会は歩いていける範囲にコンビニがあるし、地下鉄やバスが整備されているから、車のほうが不便なくらいだな。でも、本当のド田舎はバスも電車もろくに通っていないし、コンビニすらない所も多い。車があればたいていの物は揃う坂戸は都会じゃないけど、田舎というほどでもない、関東ならどこにでもある町だよ」

坂戸は東武東上線の駅で池袋まで急行なら四十五分程度で着く。越生《おごせ》線というローカル線の起点でもある。東京のベッドタウンとして最近は人口も増えてきているとか。現在の人口は約十万人。御多分にもれず、少子高齢化が進んでいる。日本の縮図と言ってもいいかもしれない。そういえば、城西大学という大学がある。スポーツもさかんな学校で箱根駅伝でも有名。

そういえば、ＣＭも三つ制作されている。動画共有サイトで視聴可能だ。

そんなどこにでもある町、坂戸市に生まれ育った僕、神代透《かみしろとおる》はどこにでもいる平凡な中学生……と言いたいところだけど、実はそうでもない。特別な能力を持っている。といっても、テレビや漫画のネタになるような格好いいものとはだいぶ違っている。それは……、

（透、何をブツブツ言っている）

僕の体を占拠している天王さまがぶっきらぼうに尋ねた。

（何でもないです。退屈だから、考えごとをしていただけ）

（そうか。お前も年頃だから、いろいろあるんだろう。考えごともいいが、もう少し静かに頼む）

僕の体を使い、自転車のペダルをこぎながら、天王さまは僕に言った。

（はーい）

天王さまというのは地元の坂戸神社に祀《まつ》られている神さまの一人だ。本名は確か……須佐之男命（スサノオノミコト）。呼び捨てにもできないので、天王さまと呼んでいる。天王さまと言う理由はよ

く分からないが、神社にそう書いてあったから。一種の愛称のようなものだ。天王さまは有名な太陽神、天照大神（アマテラスオオミカミ）の弟にあたる、メジャーな神さまだ。何でこんな所に神さまがいるかというと……。僕は神媒体質という十万人に一人いると言われる特異体質で、神さまにとって僕の体の中は非常に居心地がいいらしい。

今でも思い出す。自分の体質が特別であることを、神々から知らされた時を。

ガヤガヤと騒がしい雰囲気の中、僕は目覚めた。八人の老若男女がもめている様子だった。

「おお、人の子のおでましか」

「目を丸くしておるぞ。誰か説明してやれ」

八人は僕の顔を一斉に見る。その中から一人進み出てきた。平安時代の貴族のような服装だった。

「では予が承ろう。人の子、透よ。そなたは世にもまれな体質、神媒体質なのだ」

「神媒体質？」

僕は聞き慣れない言葉に思わず聞き返した。

「霊媒体質という体質があるな。あれは霊に取り憑《つ》かれやすい体質のことじゃが、お前の場合は神が乗り移りやすい体質ということになる」

「神⁉」

その言葉に、八人が次々とうなずく。

「そうじゃ、我は猿田彦（サルタヒコ）」

姿はどう見ても天狗《てんぐ》で、見事な白い髭《ひげ》をたくわえていた。神というよりは妖怪じゃないかと思った。天狗というのは赤ら顔で鼻が長く、山伏のような格好をしている。天狗は高い神通力《じんつうりき》を持つので神に近い存在と妖怪のマンガに書いてあった気がする。

「わしは須佐之男（スサノオ）」

伸び放題の髪と髭、丸太のようなたくましい腕と立派な体格をした巨漢。例えるなら、バリバリのメジャーリーガーに無理やり古代の日本人のコスプレをさせたみたいだった。

「俺は建御名方（タケミナカタ）」

日本人らしい細マッチョという体型で、年齢もずっと若々しく見える。こちらも服装は古代人だが、若さあふれる高校球児のようなイメージだった。

「予は菅原道真」

先ほど説明してくれた平安の貴族っぽい人。知的な雰囲気がある。年は初老と言ったところかな。

「大山咋（オオヤマクイ）だ」

古代人らしい服装のどこにでもいそうなおじさんという感じ。古代人らしい服装っていうのは、日本神話の絵本で見たことのある頭の横で髪を結ぶ特徴的な髪型と細い帯をした白い服……という説明で分かってもらえるかな。

「わたくしは菊理姫（ククリヒメ）」

やはり古代人らしい服装をした優しそうで綺麗なおば……お姉さん。髪型は女性だからか、ハチマキのような白い布で押さえ、長い後ろ髪をそのまま垂らしていた。ニコニコと微笑んでいて、この中では一番とっつきやすそうだとその時は思ったが、とんでもない誤解だった。

「私は倉稲魂（ウカノミタマ）」

こちらも古代人風の美人のお姉さんだが、どこか愁いを帯びている。なぜか狐を連れている。

「朕《ちん》は誉田別（ホムダワケ）」

平安の貴族っぽい人二号。こちらはどことなく威厳があり、格好も偉そうだ。あとで調べたら、応神天皇という十五代目の天皇だとか。

「我らは坂戸神社に住まう神々。お前が暮らしている坂戸の地を守っている」

猿田彦が言った。

「人の子であるお前には分からないだろうが、神社の中に引きこもり、人々を守るのは結構な負担なのだ。それを解消させるには……」

道真が言った。

「お前のような神媒体質の人の子に乗り移り、肉の欲求を満たすのが一番なのだ」

須佐之男が言った。

「肉の欲求って？」

「例えば食欲。お供え物を味わうことはできるのだが、食べ物を実際の舌で味わうのは、格別でな。次は運動。神は肉体を超越している。言い換えれば、肉体がないので運動はしたくてもできない。運動したい時には誰かに乗り移るしかないわけだ」

これも須佐之男。

「あと、肉の欲求といえば、外せないのが……」

須佐之男が続けようとすると、倉稲魂が露骨に目配せをして、口に人差し指を当ててみせる。

「ああ、そうだった。何でもない、忘れてくれ」

慌てて取り消す須佐之男。あとでしつこく聞いてみたが、お前には早いと教えてくれなかった。今では何となく分かる。

「お前も知っているように、一週間は七日ある。ここにいる神も七柱なら問題はないが、不幸なことに八柱だ。だから一柱は一週間我慢してもらい、次の週に回ってもらう必要があるのだが、その一柱には誰もなりたがらなくてな」

道真が経緯を説明してくれた。ちなみに、神さまを数える時は一人、二人ではなく、一柱、二柱というそうだ。

「らちが明かぬから、依代《よりしろ》である人の子の意見も聞いてみようという話になったわけだ」

須佐之男が言った。

どうやら僕に拒否権はないらしい。それなら、少しでも好条件を引き出さないといけない。思い切って交渉をしてみることにした。この時はどうせ夢だと思っていたし。

「ええと……。神さまがいろいろストレスを抱えているのは分かりました。僕も自分の体をお貸ししてもいい……、とは思います」

神々は僕の発言に注目し、さもありなんとうなずいている。

「……が、毎日体をお貸ししたら、僕の体にも大きな負担がかかると思います。学校にも仕事にも休みがあるように、僕の体にも休みを与えてほしいと思います」

一気に周りがざわついた。

「日曜日を休みにしていただき、あとの六日間を神さま方で分け合っていただきたい……と思います」

僕は神さまたちを刺激しないようにできるだけ丁寧に、でもはっきりと要求した。

「分かりました。至極もっともなこと。わたくしたちにとっても、依代とは言え、守るべき人の子を壊してしまっては、本末転倒ですもの。わたくしは次週に回っても構いません」

菊理姫が同意してくれた。

「それならば、第五座の私たちがあとに回るのがスジではないでしょうか？」

倉稲魂が誉田別を見て言った。

「これは異なことを。神社の席次は人が勝手に決めたことで、神の間では預かり知らぬことのはず」

誉田別は不満そうに言い返す。

「ですが、私たちは人の子に宿を借りる身。ならば人の子たちが決めた席次に従うのがスジではありませんか？」

倉稲魂が冷静に言い返した。

「むう……。なるほど、もっともじゃな、承知した」

不承《ふしょう》不承《ぶしょう》うなずく誉田別。これで決着した。

そういうわけで、僕の体の週間スケジュール？　はこのように決定した。

日曜日 休み、月曜日 猿田彦、火曜日 須佐之男、水曜日 建御名方、木曜日 菅原道真、金曜日 大山咋、土曜日 菊理姫。

日曜日 休み、月曜日 倉稲魂、火曜日 誉田別、水曜日 猿田彦、木曜日 須佐之男、金曜日 建御名方、土曜日 菅原道真……なお、この週は大山咋・菊理姫はお休み。次週に回る。以後、休んだ二人が月曜日と火曜日に回り、余った二人が休みになる。ちょうど五回目で一周する。

「ようやく決まったな」

猿田彦が感慨深げに言った。

「質問があります」

僕は手を上げて尋ねる。

「体をお貸ししている間、僕の意識はどうなるんですか？　寝ているような状態になるんでしょうか？」

一番気になっている質問をぶつけてみた。

「お前が望むなら、無意識の状態にもできるが……。昔は神媒体質のものも、さほど珍しくなかったので、ちょくちょく体を借りていたが、百年近くもこの辺りにはいなかったのでな……」

道真が重い口調で答える。

「百年ぶりですか⁉」

僕は驚いて声を上げる。僕の存在は相当貴重らしかった。

「そうじゃ。だから、恥ずかしい話じゃが、どのような生活をすればよいのかよく分からん。お前の生活を壊したくはないので、しばらく監視役として体の中に留まり、いろいろと指示をしてもらいたい」

まあ、僕としても学校にも行かず、酒を水のように飲んで暴れる……なんて生活をされたら困るから、渡りに船だった。

「分かりました。僕がやりたくないと思ったらやりたくない！　と言っていいわけですね？」

「もちろんじゃ。他の神々もよく肝に銘じておくように」

皆、当然のことのようにうなずく。一人、舌打ちしてたような気がするけど……。

そこで目が覚めた。不思議な夢を見たものだと思っていたが、月曜日になると、坂戸の神社になぜか無性に行きたくなった。自転車で四十分以上かかるので、家からは近いとはいえない距離だが、引き寄せられるように神社へ向かった。自転車を近くに止めて、神社に入ると、体の中に声が聞こえてきた。

「よく来たな。まずは我からだ」

夢の中で見た天狗……猿田彦の姿が見え、体の中に入ってくる感覚がした。その日から、神々と僕の奇妙な共同生活が始まった。

夢を見た日から一か月はたったろうか。やっと神さまとの共同生活にも慣れてきた。今日は須佐之男……天王さまの日だった。

「ふう～食った食った」

満足そうに天王さまがつぶやく。気づくと坂戸の南口の駅前のベンチに座っていた。近くに自転車が止めてある。目の前にロータリーがあり、そこには観葉樹に合わせて木製のベンチが設置されている。周りには二軒のパン屋とコンビニなどの商店が並ぶ。どうやら弁当を食べていたらしい。この辺は食事をするには絶好のスポットだ。近くに喫煙所があるのが玉にきずだけど。

（今日は何を食べたんですか？）

僕は天王さまに問いかけた。心の中なので口には出していない。

（何と言ったかな……「朝日食堂」だ。持ち帰りしかやっていないから、買ってきてここで食べた）

天王さまも心の中で答えてくれる。

「朝日食堂」は少し前に千代田のスーパーの向かいにできた、から揚げ専門の弁当屋だ。前はつけ麺屋だったが、商売替えしたらしい。千葉の下総《しもうさ》醤油を贅沢《ぜいたく》に使った醤油から揚げがセールスポイント。ここからでは自転車でも少々遠いけど……神さまだから苦じゃないか。

（で、どうでした？）

（うーむ。点数で言えば七十点。何の変哲もない醤油味にあとからニンニクの風味が付いてくる感じだ。少し高いかな。特に坂戸は安くてうまいから揚げが多いからな）

南口の路地には「キッチンぺこぺこ」という洋食屋があり、ここのから揚げ定食は値段と味とボリュームのバランスがいい看板メニュー。南口の反対側の通りにも「鶏勝」というから揚げ専門の弁当屋があり、ここは本場大分の「中津からあげ」がウリ。国産のため高めだが、チキン南蛮で金賞を取ったり、メニューが豊富で砂肝から揚げなんて珍しいのもある。コリコリした食感が特徴だ。その近くにも「いよっ子」という夜営業のラーメン屋があり、ここも、から揚げがうまいことで地元では有名。熱々で濃い味付けが特長。あとはだいぶ遠いけど、坂戸神社の裏側から行ける「大関」というラーメン屋のから揚げ定食も、コスパを考えると捨てがたい（すべて神さま調べ）。他にもあった気がするけど、キリがないのでやめておく。坂戸市は町の規模の割に飲食店のレベルは高く、甘く見たチェーン店が入ってきてすぐに潰れてしまうことも珍しくない……と父が言っていたっけ。

（それじゃ帰りましょうか？）

（少々物足りんが……。まあ、金もないからな。中学生は小遣いも少ないから不便だのお）

一言多い天王さま。その貴重な小遣いの大部分は神々の食費に消えているという悲しい事実がある。駅前は自転車で四十分くらいの距離なので、交通費がかからないのは救いだけど。

天王さまの運転で帰途につく。憑依《ひょうい》されている状態だと神の力が宿っているため、僕の体は大幅に強化されている。自転車で四十分かかると言ったが、それは自分だけの場合。

天王さまと一緒の時は二十分で着いてしまう。

しかも体は勝手に動いているから、自動操縦機能付きだ。考えごとをしているうちに目的地に着けるのは楽チンでいい。体の疲れは感じるけど。

自宅の目の前にある大きな坂を上ると、坂の途中で人影を見つける。

ショートカットに近い短い髪をした少女。美少女と言って差し支えない愛らしい顔立ち。女の子らしく赤を基調にしたブラウスとスカートという可愛らしい服装をしている。

「こんなところで何してるの、サツキ?」

「あ、透!! 偶然だね!」

愛想よく挨拶をしてくれるサツキ。山崎《やまざき》サツキ。彼女は僕の幼なじみでクラスメイトだが、一つだけ問題があった。

「……不穏な気配がする……。どこかに神がいるな……!」

難しい顔をして、吐き捨てるように言うサツキ。

(相変わらず鋭い……)

感心したようにつぶやく天王さま。そう、彼女はどういうわけか神さまに敏感なのだ。

「このお高くとまった感じは天津神《あまつかみ》に違いない。それもかなり高位……」

具体的すぎる……。っていうか天津神って何?

(天津神は高天原《たかまがはら》にいるとされる神のことだ。それに対し、葦原中国《あしはらのなかつくに》に土着していた神のことを国津神《くにつかみ》という。葦原中国はお前たちが暮らしているこの国のことだ)

天王さまが教えてくれる。

「ああ、駅前に行ったついでに、坂戸神社にお参りに行ったからじゃないかな?」

友達の中では信心深い子供で通っているので、この言い訳に無理はないはず。まあ、信心深くなったのは神さまと一緒に過ごすようになった一か月前からだけど。

「じゃあ、スサノオに違いない。坂戸神社に祀られている中では一番高位だから」

そのものズバリだし。呼び捨てにするのはどうかと……。

（何でこんなに鋭いの？）

（巫女《みこ》体質だな。それもとびきりの。女性に多い体質で、わしらの存在を感知できる。卑弥呼がそうだった。まあ、神媒体質に比べれば、珍しくもないが）

苦笑しながら、天王さまが教えてくれた。

「それじゃ仕方ない。調子に乗って付いて来ちゃったんだろうね」

さらに困ったことに彼女は神さまを嫌っている。


理由を訊《き》いたことはある。一瞬、雰囲気が凍り付いたあとで、サツキはこう絞り出すように言った。

「昔は、あたしも神さまを信じてたよ。でも……内容は、ハッキリ覚えていないんだけど……。大切なものを守ってほしいっていう、心からのお願いしたことがあるの。何度も何度もお願いしたんだけど、かなわなかった。……だからかな。逆恨みかもしれないけど」

そんな願いの内容を忘れるなんてことがあるんだろうか……と思ったが、それ以上は、触れられなかった。神さまにもあとで聞いてみたが、坂戸神社では覚えがないと言っていた。別の神社か、彼女の勘違いではないかと。それほど強い願いなら、どの神でも覚えているはずだと。ただ、どんな必死な願いでも、かなえられないことはあるから、それで恨まれても仕方ない……とはどの神さまも口を揃えて言っていた。

「ご利益なんかないんだから、お参りしてもムダっていつも言ってるのに」

可愛らしく口を尖らせるサツキ。

「あまりそういうことを言うと、バチが当たるよ」

神さまが思いっきり聞いているし。

「バチなんて怖くないもーん。せっかく会ったんだから、どこか出掛けない？」

笑顔で誘ってくるサツキ。切り替えが早いのは助かる。

「……いいけど。この近くじゃなあ……」

サツキの提案を吟味してみる。近くに公園はあるが、遊具で遊ぶような年じゃないし、この辺りにはゲームセンターやショッピングモールみたいな気の利いた場所はまったくない。商店街があるくらいだ。半分以上の店がやってないから、シャッター街と言ったほうが正しい。あまりに寂しい場所だからＮＨＫのゾンビが出てくるドラマの舞台になったくらいだ。ロケ地になったのは嬉しいけど、……ゾンビものなんて……。

そういえば、安くて量のあるから揚げ定食が評判の「よんゆう」という店があったっけ。ＪＣ（女子中学生）が喜ぶとは思えないが……。

（わしがいい場所を知っているぞ）

見かねたのか、天王さまが助け舟を出してくれる。

（本当⁉　どこ⁉）

（ここから歩いていける。そう遠くない）

天王さまを全面的に信用して、任せることにした。仮にも神さまだし。

「……いい所があるから、行ってみない？」

「どこ？」

「着いてのお楽しみさ」

頼むよ、神さま。

天王さまは心の中で語りかけ、道案内をしてくれる。直接、脳に響く音声ナビという感じ。商店街にあるスーパーの裏を通り過ぎる。左側には住宅街があり、そちらも傾斜になっている。住宅街に入り、傾斜を上っていく。どんどん高台になっていくから、付近の住民は行きだけ自転車を使い、坂を下りるものの、帰りは上れないので押して歩いていく人も珍しくなかった。

「城山荘」という老人ホームの前を通り過ぎて少し山道を行くと、そこには看板があった。

「多和目城《たわめじょう》？」

いつ作られたのかも誰が城主だったかもわからない城の址《あと》。

「……お城？　面白そう‼」

サツキの顔がパッと明るくなる。

「行こう！」

「……うん！」

僕も期待に胸を膨らませる。時代劇にも出ているような立派なお城がこんな近くにあったなんて、知らなかった。さすが神さま！

　看板の後ろにあった舗装された道を通る。階段ではなく角度が急な坂になっているので、非常に上りにくい。やがて舗装された道がなくなり、「多和目城址」と書かれた木札を見つけるが、どこにも城はない。

「……お城なんてないじゃない？」

　不満そうに黙って辺りを見回すサツキ。慌てて天王さまに聞く僕。

（お城はどこですか？）

（目の前にあるだろう）

　目の前と言うけど、そこには何の変哲もない森しかない。

（分かっていないようだから、言っておくがテレビで出てくるような立派な城などはないぞ）

（ええっ!!）

（その溝が空堀《からぼり》の跡。あの盛り上がっている所が土塁《どるい》。よく見れば分かる。看板にも城の写真なんてなかっただろう？）

（今更そんなこと言われても!!　これじゃ何のために連れてきたか分からないよ!!）

　必死に呼びかける僕。

（慌てるな。本当にわしが連れてきたかったのはここではない。「城山荘」の所まで戻って下を見てみるがいい）

　サツキを連れて「城山荘」まで戻り、言われた通りにしてみる。

「……わぁ！」

笑顔になって見下ろすサツキ。

僕は言葉も出ずに見とれてしまう。彼女の笑顔は見慣れているはずだけど、改めて見ると、やっぱり可愛い。そこからは坂戸市の大部分が見渡せた。

（城を作る条件には大きく分けて二つある。一つは交通の要衝《ようしょう》。敵が通らなければならない場所に城を築くことで敵の移動を阻む。もう一つは……）

下を指さして見せる天王さま。

（高い所だ。この辺は坂戸で一番標高が高い。看板には百三十一メートルと書かれていたな。だから遠くまで見渡せる。そうすれば敵の動きを知ることができる。道真は「神の視点」とも言っておったな）

（城があった頃は多和目城からが一番眺めがよかったが、今は前にある森ができたせいでよく見えない。ここからのほうがよく見える）

（衛星とかいうものを飛ばして人間たちも同じ視点を持とうと躍起《やっき》になっておる。今も昔も、人の考えることは変わらぬな）

（わしら神々と同じ視点を持てる場所。これほど贅沢な場所は他にあるまい）

どうだとドヤ顔をしながら言う天王さま。サツキは喜んでいるから、言わせておこう。

（ちなみにその森は「城山の森」と言われて市で整備しておる。たくさんの動物や昆虫が住んでいるから、意外とオススメだ。迷わないように道しるべもあるしな）

（どんな動物ですか？）

（そうさな、タヌキ、ノウサギ、イタチ……。鳥ならシジュウカラ、カワセミ……。昆虫はカブトムシやノコギリクワガタもいるようだ）

タヌキは市内でも時々出没するけど、よく猫と間違われる。そういえば、父が子供の頃は雌のカブトムシがよく家に迷い込んできたって言ってたっけ。

（そういえばコクランが生えているところがあったな）

（コクラン？）

聞きなれない名前だった。ランと言うからには植物なんだろうけど。

（野生のランの一種だ。希少種らしいから、見に行ってみるか？）

（希少種って？）

（絶滅が心配されているほど、珍しいということだ）

そう言われると見たくなってきた。

「森にも行ってみる？　珍しいランがあるんだって」

サツキを誘ってみた。

「……そうね、少し歩いてみようか」

軽く森の中を二人で散策してみた。神さまの言う通り、森の中には立札や、ベンチなどもあり、悪くなかった。タヌキやカブトムシには遭えなかったけど。

神さまの案内でコクランも見てみた。

「これ？」

「そうらしいね」

　スマホで調べたら、記事になっていた。写真と比べても間違いないと思う。ランと言うからもっと派手な花だと思ったが、全然違う。

（花屋で売っているような花は人の手で改良されたものがほとんどだ。野生の花ならこんなのも珍しくない）

　根本に近いところに大きな葉っぱが生えており、長く細い茎がすっと伸びている。葉の間から一センチくらいしかない小さな花がいくつか咲いている。色は少し紫がかっているが、地味だ。

「もっと華やかかと思ったけど」

　少し残念そうに言うサツキ。

「絶滅するかもしれないっていうくらい珍しいんだって」

「そう言われると、なんか可愛く見えてきた」

　確かにあまり見たことのない植物だとは思った。

「じゃあ、そろそろ帰るね」

　満足はしてくれたようで、上機嫌だった。神さまの教えてくれたデートスポットだと知ったらどんな顔をするだろうか。

「送らなくて大丈夫？」

「バスがすぐに来るから大丈夫だよ。……ほら、もう来た」

サツキがバスに乗り込むのを確認して、手を振って別れた。自分はバス停から歩いて帰宅した。今日も、もうすぐ終わり。僕は神さまたちのことを、こっそり「S神さま」と呼んでいる。神さまは体を使うという立場上か、悪く言えば自分本位でグイグイ引っ張ってくる。いわばサドっ気がある。そのSと、坂戸の神さまだからS。実は他にもあるけど、ここでは秘密。二〇一六年の流行語大賞は「神ってる」だったけど、考えてみれば、神さまと同居している自分のほうがよほど神ってると思う。明日の神さまは建御名方、通称お諏訪さま。今日は無難に済んだけど、明日はどんな日になるやら。

目次

お諏訪さま(タケミナカタ)の章

(早く起きろ!! 学校へ行くぞ!!)

テンションの高い声が心に響いてくる。完全に起きるまでは、体の主導権が神さまに渡らないので、朝はやたら急かされる。その中でも、お諏訪さまはトップクラスにせっかちだ。

「おはよう!!」

元気よく家族に挨拶をして、出された朝食を口いっぱいに頬張り、平らげていくお諏訪さま。その様子に家族も圧倒されている。手早く朝食を済ませると、飛ぶような速さで学校に向かう。我ながらまるでガソリン満タンのブルドーザーみたいだ。お諏訪さまの日は口を挟む暇もなく、風景だけが目まぐるしく変わるので、非常に落ち着かない。

「おはよう、透」

「おはよう、サツキ」

幼なじみらしく迎えに来てくれることはないが、朝はよく顔を合わせる。僕の様子を見た途端に不機嫌になる。

「また悪いものを連れてるね。……これは国津神っぽいな。水の力も感じるし、タケミナカタかな」

（さすがだな）

お諏訪さまが感心したようにつぶやく。

「天津神に最後まで抵抗した強情な神なの。建御雷神（タケミカヅチ）との力比べに負けちゃって、今の諏訪湖まで退いてこの地を出ないからって約束して許された。そこにあるのが有名な諏訪大社。諏訪湖が近くにあるから水の神さまでもあるってわけ」

聞いてもいないのに説明してくれるサツキ。異常に詳しいのは、早くに亡くした両親が信心深かったかららしい。それにちなんで僕はお諏訪さまと呼んでいる。

（合ってますか？）

お諏訪さまに訊いてみる。

（さあ、昔すぎて覚えてないな）

体を貸している印象としては、勝負ごとが大好き。何でもかんでも勝負をしたがる上になかなか負けを認めない。勝つまでやめない厄介なタイプ。

「考えるより体が動く、絵にかいたような脳筋だから、気をつけなね」

忠告してくれるサツキ。脳筋というのは脳味噌まで筋肉でできているっていう意味だけど……、さすがに言いすぎじゃないか。サツキと一緒ということもあり、今は普通のペースで歩いてくれているし。

今日は体力測定の日。僕ら最上級の九年生は一番最後だ。九年生って言い方が耳慣れないって？

二年ほど前、ちょうど僕らが小学校を卒業する頃、S山小学校が生徒減少のため、廃校になった。すぐ近くにあったS山中学校と合併し、埼玉県の公立校としては初めて小中一貫の学園として生まれ変わった。そういうわけで中学一年生にあたる学年は七年生、二年生は八年生、三年生は九年生と言われるようになった。だから朝もランドセル姿の小学生と一緒に登校することになる。親から見ると違和感があるらしいけど、僕らは初めからそうだったから何とも思わない。

僕らは体操着に着替えてグラウンドに出る。

身体測定ではないので、男女は一緒だ。

「どうだ、調子は?」

クラスメイトが声をかけてくる。

「まあまあ」

無難に答える。受け答えは神さまに任せると口調も内容もおかしくなるので、僕がやっている。こうなってからは、親しい友達はサツキくらい。他のクラスメイトとは孤立しない程度に薄く付き合っていた。

「俺も。面倒だよな。早く終わらないかな〜」

「そうだね」

笑ってうなずく。お諏訪さまはうずうずしている。

(分かってますよね? ほどほどに頼みますよ!)

(分かってる分かってる)

不安を感じながら待っていると、自分の順番が回ってくる。まずは五十メートル走だ。スタート地点にしゃがむ。平均は七秒六くらいなので、その前後でお願いしますと頼んでいるんだけど……。

先生の合図で走り出す。体が風のようになり、一瞬でゴール地点を駆け抜ける。次の瞬間、地面に倒れこんでいた。見守っていたクラスメイトたちも、皆何が起こったのか分からないという顔をしている。

先生も速すぎて視認ができずストップウォッチを押すことすらできなかった。海外ドラマのスピードスターとして有名な「FLASH」並みの速さだ。観客からすると僕が走ったと思ったら、ゴール地点で転倒というわけの分からない状態だった。僕は動くこともできず、意識を失ってしまう。

「大丈夫?」

気づいた時は保健室のベッドの上だった。サツキが心配そうに顔をのぞき込んでいた。転倒した僕は保健室に運び込まれ、極度の疲労と診断された。放課後、サツキが様子を見に来たところに、僕が目覚めたというわけだ。

「……あんまり、大丈夫じゃないみたい」

全身が筋肉痛で一歩どころか指一本動かすことすらできなかった。神さまが体に入ると、体力が強化されると言ったが、体の限界を超える力が引き出されるとこうなってしまう。だから加減してくれって言ったのに……。

「まだいるみたいだね。もしかして、そのせい？」

（…………）

僕の中にいるお諏訪さまをジト目でにらみつける。

（……すまん。つい加減ができなくて……）

しょんぼりとして謝るお諏訪さま。力が余っているのか、こういうことが珍しくない。こうなると一日くらいはこの状態だ。次の日には治ると思う。

「憑かれやすい体質みたいだから、お祓《はら》いしてもらったほうがいいよ」

「いや、いい」

仮にも神さま相手にお祓いはおかしいと思う。納得ずくで神さまと同居してるなんて言ったら、どんな顔をするかな。怒るかもしれないし、嫌われるかもしれない。僕は何も言えなかった。

父に迎えに来てもらい、そのまま抱っこされて家に着いた。父が来るまでサツキはついていてくれたが、正直恥ずかしかった。

罰ゲームとしてこの強烈な筋肉痛も代わってもらった。僕の代わりに痛みを押し付けられ、悶絶《もんぜつ》するお諏訪さま。いい気味と言いたいが、自分の体なので複雑な気分。

体調も回復し、一週間くらいたってからまた体力測定を受けることになった。当日に休んでしまった生徒たちを対象に、放課後にまとめて行われた。

「おや……？」

気づくと観客がいた。あれは、同じクラスの岩戸《いわと》君だ。岩戸守《まもる》。体も大きく、運動神経もいい彼はクラスの中心的な存在。五十メートル走のタイムも確か六秒八だった。校内トップの数字だ。誰か気になる人でもいるんだろうか……？

（今回こそ、頼みますよ、お諏訪さま）

（ああ、任せておけ）

奇しくも今日の番はお諏訪さまだった。意識だけ残して体を預ける。スタートの合図と同時に駆け出す。遅くもなく速くもないペースで、ゴールに到着した。

「七秒六！」

先生がタイムを読み上げる。平均ぴったりだ。ホッとした。

（お見事！）

（ああ。これでよかったのか？）

お諏訪さまを称賛する。なぜかあまり嬉しそうじゃなかった。

（もちろん。どういう意味？）

（……いや、何でもない）

「おい」

「えっ⁉」

気づくと、岩戸君が後ろにいた。

「ちょっと来い」

腕を引っ張られて、強引に校舎裏に連れていかれる。

「お前、本気を出していないだろう？」

彼の眼は、明らかに僕を責めていた。絶句する。彼は神さまのことを気づいているんだろうか？

サツキみたいな能力があるのかも。心の中でお諏訪さまに尋ねるが、何も答えてくれない。自分で判断しろということか。

「……そんなことないよ」

本当のことを話しても、信じてくれるとは思えない。気づかれることは考えてもいなかったので、正直うろたえてしまった。

「……そうか」

がっかりしたような顔で、岩戸君は去っていった。スッキリはしなかったが、これでよかったんだと、僕は自分に言い聞かせた。次の日からだった。彼からいじめを受けるようになったのは。


最初は陰湿なものではなかった。用事があって話しかけても無視される程度だった。だが、彼のそんな態度をみて、クラスメイトたちはそれに倣《なら》うようになってしまった。みるみるうちに伝染し、僕は孤立した。体育で二人一組になれと言われても、組んでくれる人もいない。

そんなある日、サツキ以外からはほとんど話しかけられなくなった僕に、近づく男子がいた。

「先生が、資料室に資料を取りに来てほしいって」

ぶっきらぼうに伝えられる。

「どんな資料?」

「来れば分かるってさ」

その日はたまたま日直だったので、怪しむこともなく資料室へ向かった。

「あれ?」

資料室へ行っても、誰もいない。てっきり先生が待っていると思ったのに。とりあえず戻ろうと思い、引き戸を開けようとする。

「やられた……」

どうやっても開かなかった。つっかい棒でもしているんだろう。

(何とかならない?)

お諏訪さまに訊いてみる。

(何とでもなるぞ。戸は壊れるだろうが)

(……やっぱりいいです)

戸どころか、僕の体も壊れそうだ。あんまり荒っぽいことはしたくないし。誰か気づいてくれるのを待つしかないか。それにしても、こんな陰湿なことまでやってくるなんて……。

どうしようもなく、座り込んでいると、救いの神は意外に早くやってきた。

「透、いるの?」

サツキの声だ。

「うん、ここにいるよ」

「やっぱり……。神の気配がするからもしかしたら、と思って。すぐ出してあげる」

相変わらず鋭い。音がして、戸が開けられる。モップがつっかい棒代わりに挟まっていた。

「いったい、どうしたの？」

サツキが心配そうに訊いてくる。

「資料室に資料を取りに行けって言われて」

「そうじゃなくて、……透が最近いじめられているわけだよ」

「それは……」

僕は岩戸君とのことを話した。神さまのことは話さなかった。彼女なら信じてくれるだろうが、神さま嫌いの彼女にはとても話せない。出ていってもらうように言えっていうに決まっている。この同居生活が気に入っているわけじゃないけど、一度引き受けたことだから途中で投げ出してはいけないと思っている。

「分からない。岩戸君の機嫌を損ねたのは確かだけど。覚えがない」

それはウソだ。でもそう言うしかなかった。もっともらしいことが言えるほど、僕は器用じゃなかった。

「そう。……あたしが、何とかするよ」

こういう時に幼なじみの存在はありがたいと思う。でも、ダメなんだ。

「いいんだ、ほっておいて」

「でも、それじゃあ……」

「仮にいじめられなくなっても、女の子に助けてもらうなんて格好悪いよ」

本当は彼女まで巻き込みたくないからだけど、わざと意地の悪い言い方をする。こう言わないと引き下がってくれないから。

「………」

悲しそうな顔をしてサツキは黙ってしまう。チクリと胸が痛む。ごめんね……。

夢の中で神さまと話し合う。宿主である僕の問題は神さまの問題でもある。いろいろな意見が出た。神罰を下すべきだという物騒な意見から、話し合いでという平和的なものまで。なかなか結論が出ない。それまで沈黙を守っていたお諏訪さまが発言する。

「今回の問題は、話し合いでは無理だ。当事者同士の決闘で決着をつけてはどうか」

僕は何でも勝負ごとに持ち込みたがる、いつもの悪い癖が出たと思った。しかし、三人の神さまが賛成した。猿田彦、須佐之男、菅原道真の三人だ。発案者のお諏訪さまを入れると半数が賛成になる。その四人が他の神さまを説得する形になり、あれよあれよという間に「決闘」と決まった。

「俺たちは見守るだけ。力は貸さない。それでいいな?」

念を押すようにお諏訪さまに言われた。

「……はい」

気は進まないが、僕だけが嫌と言ってもわがままにしかならない。これだから子供は……なんて言われそうだったので、しぶしぶうなずいた。ただ、こういう時に限って力は貸さないって……。神さまの力なら簡単に勝てるのに。なぜと聞いてみても、そうでないと意味がないと皆が口を揃えて言う。僕には理由が分からない。どうしても納得できなくて、発案者のお諏訪さまに改めて聞いてみた。

（やってみれば、分かる）

はいはい、分かりましたよ。

次の日の朝、教室に入る。ざわついていた教室は先生が入ってきたみたいに静かになる。サツキだけは悲しそうにしている。この雰囲気には慣れてきたけど、やっぱり傷つく。岩戸君の席に向かう。彼は目をそらす。僕は強引に視線を合わせて、はっきりと目を見て話しかける。

「僕と勝負しろ」

「ああ⁉」

なんだコイツって顔でにらまれる。

「君の疑問を解消してやる」

ひるまず続ける。

「…………」

岩戸君、いや岩戸は黙って僕をにらみ続ける。

「それとも、逃げるの？」

「逃げるわけないだろ‼　分かった。いつだ⁉」

「今日の放課後。校門の前で待ってる」

「分かった。お前こそ、逃げるなよ!!」

僕は席に戻った。騒然とする教室。ハラハラしながらサツキが僕を見つめていた。授業が終わるまでの時間がやけに長かった。


僕は約束通り、岩戸君と向かい合った。校門の前で落ち合い、学校からは距離がある「菖蒲沢公《しょうぶさわこう》園《えん》」に来た。学校から近い所だと先生に見つかる可能性があるからだ。何でもこの辺は昔、菖蒲沢という地名で呼ばれていて、勝負ごとがあるとここに集まっていたらしい。言うまでもなく勝負(しょうぶ)と菖蒲(しょうぶ)をかけている。

クラスの男子は、ほとんどが見物に来ていた。女子はチラホラ。やっぱり女の子はケンカが嫌いなんだろう。と思ったらサツキの姿がある。まいったな、こんなところを見られたくなかった。

審判を買って出たクラスメイトが合図する。

「うおおおお!!」

合図と同時に、僕は全力でぶつかっていく。今日は提案者のお諏訪さまが一緒だ。本来は天狗さまだったが、責任感からか順番を替わってもらったらしい。力は貸してくれなかったが、ともかく全力でいけとアドバイスされていた。

岩戸はまともに受け止めると、そのままの勢いで投げ飛ばされた。強く体を打ち付けてしまう。

「まだまだ!!」

痛みをこらえて立ち上がり、何度も何度もぶつかっていく。体格差もあり、ケンカ慣れしていない僕はこれが精いっぱいだった。初めは余裕しゃくしゃくでさばいていた岩戸も疲れが見えてきた。

「……しつこいな」

何度かの突撃の末、岩戸は受け損ない、まともに食らって倒れ込む。馬乗りになった僕はチャンスとばかり顔を殴りつける。

「この野郎!!」

しかし、あっさりとひっくり返される。思った以上に体格差は大きかった。

僕の反撃をつぶして、ドヤ顔をする岩戸。だが、僕はまだ諦めずに突っ込む！　くじけそうになっても、お諏訪さまがずっと背中を押してくれているようだった。

「……⁉　分かった！　もういい、やめろ！」

顔色を変えて僕を止めようとする。僕は構わず摑みかかる。

「……もういい、もういいんだ。俺の負けだ」

その言葉を聞いて、力が抜けていく。岩戸は倒れ込む僕をそっと抱きかかえてくれた。

「大丈夫か？」

気づいたら、目の前には岩戸君がいた。学校の保健室のベッド。わざわざ運んできて手当てしてくれたらしい。

「まあ、何とか」

力なく笑う。あれほど憎たらしかった彼の顔が、すごくまぶしく見えた。

「皆には、俺が間違ってたから、無視するのはやめろって言っておいたよ」

「うん」

「でも、俺がやらせたわけじゃないぞ。……黙って見てたから同罪かもしれないが」

「分かってるよ」

皆を先導して、いじめをするような奴じゃないのは知ってた。

「……俺たちをバカにして本気を出していないのかと思ってた。……何かわけがあるんだな」

「…………」

やはり彼は気づいていた。自分以上のタイムを出せるのではないかと思って見ていたが、明らかに手を抜いているように見えたので、幻滅したのだそうだ。僕は迷う。お諏訪さまは好きなようにしろと言ってくれた。

「実は……」

信じてもらえないことを覚悟して、僕はすべてを話した。僕の体質のこと、神さまのこと、目立たないように力を隠していたこと……。

「そうか、大変だったんだな」

何一つ疑いもせず、岩戸はすべて信じてくれた。自分の全力でぶつかったから分かり合えることもある。やれば分かるっていうのはこういう意味だったんだ……。

「何度も立ち上がってくるお前が、だんだん怖くなった。そうしたら、後ろにすごい力を感じて……あれが神さまだったんだな」

納得したように岩戸は言った。

「皆に話す気はないのか？」

「誰も信じてくれないよ」

「サツキにも？」

「……彼女には特に言えない」

「神さま嫌いだもんな」

苦笑する岩戸。

「じゃあ、何で俺に？」

「……君なら信じてくれると思ったから」

照れながら僕は言った。

満足そうに微笑んで、岩戸は僕に右手を差し出す。

「そうか」

「これで仲直りだ」

痛む体に鞭を打ちながら、その手を強く握り返した。この日から、僕らは親友になった。

結果的にお諏訪さまのアドバイスが功を奏した。こうなることが分かっていたのだろうか？　お諏訪さま本人だと要領を得ないので、別の神さま、猿田彦に聞いてみた。僕は天狗さまと呼んでいるが、彼の意見に賛同した一人だ。

「……いや、予想はしていなかっただろうな。そういう性分なのだ。たとえ自分よりも強い相手でも従うのを良しとしない。例の力比べの話は知っているか?」

「相撲の原型になったって言われているタケミカヅチとの勝負でしょう? 殺されそうになったけど、諏訪の地から出ないと言って許されたって……」

「人の子にはそう伝わっているのだな。実際は少し違う。あいつは両の手をタケミカヅチにつぶされても少しも諦めなかった。ちょうど、お前と岩戸の勝負のようにな。それどころか、周りの土地に被害が出始めた。だから、見物していた神々が止めたのだ。一歩も引かない奴を恐れ、諏訪の地に封印してしまった。それが今の諏訪大社だ。我ら国津神の力を目の当たりにした天津神は、我々を認め、同列の神として扱うことを約束せざるを得なかった。国津神全員を封印するのは、とても無理だからな」

そうだったんだ。だいぶ話が違うんだな。

「でも、諏訪の地に封印されたのに、何で坂戸にいるの?」

新たにできた疑問をぶつけてみた。

「勧請(かんじょう)という言葉を知っているか?」

僕は黙って首を振る。

「神を信じている者が、別の場所に移り住んだとしよう。前の場所にはその神を祀る神社があった。だが、移り住んだ場所には当然、神社はない。そういう時、お前ならどうする?」

「……前の神社にお参りに行く?」

「そうだな。だが、事情があってお参りに行けなかったら？　遠ければ行くのも大変だ」

「……分からないや」

「その時は、移り住んだ場所に新たに神社を作る。他の神社に分霊……神の分身だな。分霊を移すことを勧請という。分けられた神社は分社という。神は無限に分けることができるし、本体である神には影響がない。だから、坂戸に分社があれば、坂戸にもいられるわけだ」

天狗さまは分かりやすく教えてくれた。

「人の子は決して諦めない奴を軍神、武勇の神として崇めた。だから全国にたくさんの分社がある」

そういえば、菅原道真、天神さまも本来なら太宰府の天満宮にいるはず。ここに分社があるから、いられるんだ。


ある日、岩戸から一緒に食事しようと誘われた。「穂久楊（ほくよう）」という店でタマシャモという鶏肉を使っている店らしい。シャモは「軍鶏」と書いて元々は戦う品種で賭けの対象にもなっていたとか。スーパーでは高すぎて売れないので一部の百貨店や高級レストランにしか卸していないそうだ。好きな日を決めていいと言われたので、お諏訪さまの日にした。

「……タマシャモっていうのは埼玉産の新品種で埼玉の玉を取ってタマシャモって名づけられたんだって。葉酸（ようさん）っていう坂戸で奨励している栄養素をたくさん含んでいるんだと」

少したどたどしい口調で岩戸はタマシャモの説明をしてくれる。

「葉酸？　ああ、この前テレビでやってたよね」

先日NHKの「ガッテン！」で特集されてた。

「そうそう、葉酸ってのはビタミンBの一種で、ええと……ああ、認知症《にんちしょう》や、の、脳梗塞《のうこうそく》の防止にも役立つと言われている、女子栄養大学でも研究されている栄養素で……とにかく体にいいんだよ、うん」

カンペを見ながら必死に説明してくれる。その様子に僕は苦笑しつつも、かえっていい印象を持った。そんないい物を付け焼刃とは言え、自分が苦手な勉強をしてまで食べさせようとしてくれるんだから。ちなみに、女子栄養大学っていうのはテレビにもよく出てくるアーティスト「ＤＪみそしるとＭＣごはん」の出身大学でもある。

「そうなんだ。で、本当におごりでいいの？」

誘われた時にそう聞いたが、一応確認してみた。

「ああ、心配するな。親友ができたら、ここでごちそうしてやれって父さんから小遣いをもらっているから。何でも好きなものを頼んでいいぞ」

任せろとばかりに胸を叩いて見せる岩戸。

「それじゃあ……と。どれにしようかな」

ランチタイムに入ったので、割と手ごろな値段だ。制限付きではあるが、バイキングもあるので、かなりボリュームはある。ちなみにメニューは……

親子丼　六百五十円
しゃもステーキ＆ご飯セット　八百円

しゃも焼き&ご飯セット　八百円
しゃも塩ラーメン　七百円
油淋鶏（ユーリンチー）&ご飯セット　七百円

以上の五種類だ。お諏訪さまの意見も聞いてみたが、どれでも好きなものを選べと言われた。神さまは何でもありがたく食べるそうだ。

「じゃあ、油淋鶏にしようかな」

少し酸味のある中華風のソースがかかったから揚げ。慣れるとなかなか美味しい。

その途端、岩戸が慌てる。

「……いやいやいやイヤイヤ……。父さんがそれだけはやめとけって言ってたぞ」

慌てて止めようとする。何でもいいって言ってたのに……。予算が足りないのかな？　七百円でも中学生には安くない。これより安いのは親子丼だけだけど。

「？　まあ、いいや。じゃあ、しゃもステーキ&ご飯セットにしようか」

わざと高いメニューで様子を見てみる。

「ああ、いいんじゃないか」

安心したようにうなずく。値段の問題じゃないようだ。

「じゃあ、これにするよ」

「よし。俺も同じ物にするか」

店員を呼んで、注文をしてくれる。待ち時間にバイキングコーナーへ行く。鳥煮込みやパスタ、お新香や杏仁豆腐のようなメニューが昼メニューを注文すれば一回だけはタダ。二回目からは有料になるようだけど。店内は使われなくなった電話ボックスを棚として再利用するなどオシャレで小綺麗な空間だった。

自分は初めてだけど、これなら家族連れでもいいと思う。

バイキングのメニューをつまんでいるうちに、メインの料理が運ばれてきた。

「来た来た。食べようぜ！」

「うん!!」

しゃもステーキを同時に頬張る。肉は普通の鶏肉と比べると歯ごたえがあった。何というか……肉の旨みが強い気がする。

「うまいだろ！」

「うん!!」

理屈はどうでもいいや。僕は無心に食べた。ご飯や野菜もご店主がやっている農場で作った自家製だとか。そんな話を聞くと、ますます美味しく感じる。

半分くらい食べたところでお諏訪さまに交代した。どの神さまとも、特別な食事は半分ずつ味わうと決めていた。

（おお、さすがに闘鶏というだけあって身が締まっているな！　これは美味い！　何とも言えん!!）

舌鼓を打ちつつ、一気に平らげるお諏訪さま。その食べっぷりに岩戸も驚いていた。

予告通り、岩戸が支払いをしてくれる。自転車で連れ立って帰途につく。危ないので、前後に並ぶようにして自転車を走らせる。

「ごちそうさまでした。ところで、何で油淋鶏はダメだったの？」

気になるので聞いてみた。

「ああ、あれか。ランチメニューの中で、あれだけタマシャモを使っていないんだよ。から揚げは肉が固いせいか向いていないらしい」

あっさりと教えてくれた。

「固い肉を一緒に食べて固い絆《きずな》を結べって父さんに言われてたんだ。ただのダジャレみたいなもんだけど。だから他のメニューを選んでもらったってわけさ」

「面白いお父さんだね」

「ああ」

嬉しそうに笑う岩戸。僕らは二人でお互いの家族の話や神さまのことなど、いろいろ話しながら帰った。タマシャモのおかげかは分からないが、二人の絆は固いものになったと思う。お諏訪さまも満足そうだった。

天神さま（菅原道真）の章

今朝は静かな朝だった。休みだったっけ？　と思いながら、同居人の存在を感じる。いるようないないようなさりげない存在感……そうだ、今日は天神さまの日だった。

（……もうそろそろ、起きないとまずいのではないか？）

（ハーイ）

落ち着いた口調で諭すように促してくる天神さま。お諏訪さまとは対照的に冷静な人だ。元々は人だったせいもあるのかもしれない。実は時間的にはだいぶ早い。天神さまの日はいつも早起きになる。

天神さま。人だった頃の名前は菅原道真。学問の神さまとして名高い。もう一つの顔として、日本の三大怨霊の一人とも言われている。

スマホで調べたところ、難関の試験を突破して、藤原氏でもないのに出世を重ねたエリートとしての顔。その後、無実の罪に陥れられて九州に流され、不遇のまま一生を終え、祟《たた》り神になった怨霊としての顔。この二つの人格が同時に存在している。幸い、そこまで怒らせたことはないが、態度や言動にどことなく凄みがある。静かな怒気を感じる。早速天神さまが怒っているようだ。

（ごめんなさい、悪気はないんです）

（……気にするな、怖がられるのには慣れている）

怒っても口には出さないでオーラを出すタイプなんだよね。威圧感がハンパない。

「ごちそうさま」

上品な所作でゆっくりと食べ終える天神さま。マナーの先生のような完璧な作法に、家族も驚いている。

お諏訪さまや天王さまは肉体を強化することができるが、天神さまの場合は肉体ではない。学問の神さまらしく肉体というよりは、頭脳を強化してくれる。作法のような知識もそうだし、同居している時には記憶力がよくなり、学習効率も上がる。肉体強化と違って副作用もない。ただ、知識に関しては、平安時代の教養で止まってしまっている。具体的に言えば、古文や漢文の知識はものすごいので、試験の日に当たれば百点も狙えるほど。他の教科……例えば数学に関してはあまりあてにはならない。天神さまの時代はそんな学問なかったし。神さまがいるから全教科オール百点……なんて甘いことはないんだ。

少し振り返る。漢字の書き取りをしていた時のこと。「完璧」という字を書いたつもりだった。

（その字、間違っているぞ）

（間違い……？　合ってるでしょう？）

僕は自分で書いた字を見直す。

（いや。この部分は「土」ではない。「玉」だ）

（ええ⁉「かんぺき」って完全な壁〈かべ〉っていう意味じゃないんですか？）

確かに僕は「完璧」と書いていた。「完璧」が正しいらしい。

頭の中に画像が浮き上がる。天神さまの知識は、いつもこんなふうにイメージとして伝わってくる。ドーナツのような形をした水晶？　翡翠《ひすい》のようなものだった。

（これが「璧《へき》」というものだ。予の時代は唐と言ったが……。今の中国で祭器として珍重されていた）

天神さまが優しく説明してくれる。

（初めて見た。綺麗だね）

（「完璧」という言葉はこの「璧」からきている）

天神さまの言葉とともに、新しいイメージが流れ込んでくる。豪華な宮殿の中に文武百官が集う華やかな風景。装飾や色遣いを見ると日本には見えない。

（ここは「秦〈しん〉」という国の宮殿）

（「秦」っていうと『キングダム』で有名な昔の中国にあった国だよね）

『キングダム』はヤングジャンプでやっている、初めて中国統一を成し遂げた秦王政と、その親友として一兵卒から将軍に成り上がろうとする信を主人公にした歴史マンガ。父親が持っているので、こっそり読んでる。天神さまも一緒に読んでたことがあるので、知っている。

（その通りだ。この頃の秦は強国ではあったが、まだ統一は成し遂げていない。虎狼《ころう》の国として諸国

から恐れられていた）

（虎狼の国⁉）

（この頃の中国は韓・魏・趙・斉・燕・楚・秦という七国に分かれていたが、秦はその中でも西方に位置し、当時の中国では蛮地とも言われていた）

中国の地図が浮かんできて、ほぼ西半分が秦だと分かった。今で言うとインドやパキスタン、カザフスタン辺りと国境が接しているみたいだ。

（田舎みたいなもの？）

（田舎というより異民族や野蛮人が国境近くにいたため、辺境と思われていた。戦では強かったが、数多くの盟約や協定を破ったことから虎狼の国と呼ばれ、蔑まれていた。強いが物の道理も分からない「獣」扱いされていたわけだ。先ほど挙げた七国の内の趙に「和氏《かし》の璧」と呼ばれる国宝があった）

趙という国のイメージが伝わってくる。細かい位置関係は、文章では伝えにくいので省略する。大事なのは趙と秦が国境を接していて、国土も国力も秦よりだいぶ劣るということだ。

（ここかぁ……秦に比べるとずいぶん小さいね）

（そうだ。ある時、秦から趙に使者が来て、「和氏の璧」を譲ってくれという申し出があった。代わりに十五の城を譲るからと）

（日本の城みたいなものが十五個も⁉　それなら損はないんじゃない？）

（向こうの城は大和の城に比べれば遥かに大きく、街を守る形で城がある城塞《じょうさい》都市だ。本当ならば破

格だが、虎狼の国の言うことだ。守られる保証はどこにもない。しかし、趙は小国。断れば攻められる口実を与えてしまう）

（じゃ、相当もめたんだろうね）

（趙は悩んだ末、「藺相如《りんしょうじょ》」という人物に璧を預け、使者として送った。十五城がもらえそうなら、そのまま璧を渡し、無理そうなら持ち帰ると）

ここでイメージが秦の宮殿に戻った。奥にある玉座……立派な装飾が施された一段高い段差の上に、王らしい人が正座をしている。冠をつけて偉そうな服装をしているから、これが秦王だろう。その前にひざまずいている人物がいる。これが藺相如らしい。身なりは秦王に劣るが、堂々とした態度で王を見上げている。

藺相如が璧を差し出すのを見て、秦王は無造作に受け取り、周りの女官や家来に見せびらかす。藺相如はそれを苦々しく見つめる。

「恐れながら申し上げます。その璧には傷がございます」

藺相如は恭《うやうや》しく口を開く。

秦王はすっかり私物化していた璧をまじまじと見つめる。

「ほう、どこじゃ？」

「……こちらの、この部分で……」

油断している秦王に近づくと、スキをついて璧を奪い返す！

「何をする、無礼者!!」

自分の態度を棚に上げて叱りつける秦王。

「和氏の璧は趙の宝。これを手放すに当たって趙王は、五日間斎戒《さいかい》をして身を清められました。それに引き換え秦王は約束の十五城を渡すそぶりもなく周囲に見せびらかす始末。約束を守る気があるのなら、秦王も五日間の斎戒をなさいませ!! 私を害するおつもりなら、いつでも璧もろとも自分の頭を砕いて、果てる覚悟でございます!!」

まったくひるまず堂々と反論する藺相如。聞き届けられなければ、いつでも璧を床にぶつけて壊しそうな勢いだった。

「わ、分かった。貴公の言に従おう」

しぶしぶ従う秦王。

（すごい態度だね）

（小国の使者でありながら、大国の王にも一歩も引かぬ。豪胆な人物だが、彼のすごさはここからだ）

ちなみに斎戒というのは、飲食や行動を慎んだり、体を洗ったりして、身を清めることだそうだ。特別な儀式の前によく行われる。

（秦王は斎戒をしたが、約束を守りそうにないと思った藺相如は家来に璧を預け、密かに帰国するように命じた。怪しまれないため、自分は秦に残った。自分の身も顧みずにな。家来は命令通り、趙に璧を無事持ち帰った。璧を完《まっとう》した、この事件が「完璧」の語源となったわけだ）

僕は想像もしていない展開で声も出なかった。国の宝とはいえ、璧のために命をかけるなんて、まったく考えられない。

(藺相如はどうなったの？)

(秦の臣たちは処刑するよう進言したが、秦王は藺相如という人物を惜しみ、助命した上に手厚くもてなして帰国させたそうだ)

(敵国の人間を惜しむなんて、いいところもあったんだね)

(古代の中国には賢人を貴ぶ風習があった。藺相如の命も惜しまない行為が賢人とされたのだろう。藺相如にはもう一つ、有名な逸話がある。せっかくだから教えておこう)

今度は趙の国に移った。帰国を許された藺相如は功績を重ねてすっかり出世していた。もう一人の人物が現れる。藺相如に比べると肉付きもよく、見るからに強そうだった。

(この人は？)

(彼は、「廉頗《れんぱ》」という。趙を長年軍事面で支えた重臣だが、この頃には藺相如より下の身分になっていた。そのことが不満で、辺り構わず当たり散らしていた。自分は戦場で命をかけて何度も功績をあげたが、奴は口先だけで功績をあげたにすぎない。出会ったら必ず辱めてやると)

(形は違っても命をかけていたのは同じなのに)

(藺相如や我々のように宮中で働く文官に対し、戦場で働く廉頗は武官。武官に文官の苦労は分からないし、文官には武官の苦労は分からないということだな。

藺相如が病気と称して閉じこもっていたある日、家来の勧めで外出したところ、廉頗の馬車を見つけてしまった。隠れてやり過ごすことができたが、その夜、家来たちはその姿を見てご主人さまの情

けない姿に呆れたから辞めさせてほしいと直訴した)

(それは確かに情けないですね)

(藺相如はこう言った。「わしは廉頗将軍が怖くて避けたわけではない。秦が趙を攻めないのは、わしと廉頗将軍がいるからだ。彼がわしが恐れるほどの人物なら、秦もうかつには攻められない。趙の安全のためならわしの名誉など取るに足らない」。それを聞き、家来たちは自らを恥じて納得した)

(なるほど……。深い考えがあったんですね)

(その話は廉頗にも伝わり、自ら上半身裸になって鞭《むち》を持ち、「私は藺相如どのの気持ちも知らず愚かな態度を取りました。どうか気の済むまでこの鞭で打っていただきたい」と藺相如の前で詫《わ》びたそうだ)

一歩間違えたらただのSMプレイだが……。当時では、破格の謝罪だろう。

(その姿を見て、藺相如は「秦も恐れる廉頗将軍の大事なお体をどうして打つことができましょう」と言って許し、衣服を着せた。その席で仲直りの乾杯をし、二人はお互いのためなら、首を刎《は》ねられても悔いはないと誓い合ったそうだ。この故事から「刎頸《ふんけい》の友《とも》」という言葉が生まれた。「完璧」ほど有名ではないが)

(いいお話をありがとうございます、天神さま)

(うむ。役に立ったのなら何よりだ)

(それにしても昔の中国に詳しいですね)

(昔の学問といえば中国の書を読み、故事や祭事を理解することが中心であった。今の日本人には分からないだろうが、当時の大和にとって、唐は偉大な先達であり、手本だったのだよ。予など、勉学にいそしみすぎて家族を構ってやる暇もなかった）

遠い目をして語ってくれる天神さま。

刎頸の友かぁ。自分にはいるかな？　岩戸……まだそこまでの仲じゃないか。大人になるまでにはできるかなぁ。

そんなことを思いながら、学校への道を歩く。その途中で岩戸の家に寄る。寝坊しがちな彼の家に行き、一緒に登校するのが最近の習慣だった。

「おはようございます！」

岩戸の母親に挨拶をする。

「おはよう。いつもありがとうね」

早く着きすぎたこともあり、岩戸の準備はできてないようだった。雑談して時間をつぶす。

「……ほら、守！　神代君が待ってるわよ、早くしなさい!!」

焦《じ》れた母親に促されて岩戸が出てくる。

「……分かってるよ……。おう、おはよう、透。行こうぜ」

「ああ」

「今日は早かったな」

「早く目が覚めすぎちゃって……。二度寝したら遅刻しそうだったし……」

「そうか、たまには早起きもいいさ」

連れ立って歩く。向こうからサツキの姿が見える。

「おはよう、二人とも！」

ふわりとした笑顔で挨拶してくれるサツキ。

「おはよう、サツキ」

「おはようさん」

最近では自然に三人で登校するようになった。

「……今日も不穏な気配が……。このインテリ臭は、菅原道真でしょ‼」

相変わらず百発百中だった。何者なんだ、この娘は。しかも呼び捨てだし。神さまのことを知る岩戸は素知らぬ顔。冷や冷やしながら、同居している天神さまを見ると
（元気な娘だ）

特に気にしていないようだ。子供好きという話もあったけど、本当かもしれない。

「どうしていつも神さまに取り憑かれちゃうの？　そんなに居心地がいいのかな……」

そうらしいよ。納得ずくで同居してるんだよ、とはとても言えなかった。

「神さまよけのお守りでも作ってあげようか？」

いやいや、神さまよけって聞いたことないし。

「勝手に入ってくるものはどうしようもないけど……有名な祟り神だから、本当に気を付けてね。悪い意味で、ヤバいらしいから」

「うん、ありがとう」

サツキは祟り神の印象が強いらしい。受験シーズンなら、また変わってくるんだろうけど。

「天神さまは怒ってないのか？」

小声で、おそるおそる訊いてくる岩戸。

「大丈夫みたい」

「俺から謝っておいてくれ」

「了解。僕も謝っておく」

（気にせずともよい）

穏やかに答える天神さま。岩戸はサツキとは対照的に礼儀正しいので、神さまにも好かれている。神さまからしても、事情を知っている人間がいるのは心強いようだ。

ランドセルの群れを抜けてＳ山学園に入る。余裕を持って教室に入ったせいか、まだ誰もいなかった。

先生はもう来ているのか、教壇の上の花瓶に花が生けてあった。お子さんが作ってプレゼントしてくれた花瓶で、お粗末な物だが、大事にされていた。何気なく教室の時計を見ると七時三十分。ずいぶん早く着いてしまった。

「ん～？」

どことなく様子がおかしい。そっと手で触れてみる。

コロン
「あっ」

途端に花瓶の長い口の所が縦に二つに割れ、床に落ちてしまう。やばい、壊してしまった。

「どうした？」

自分の席でくつろいでいた岩戸が寄ってくる。

「……お前がやったのか？」

「……たぶん。ちょっと様子がおかしいから、触っただけなんだけど……」

「……いや、透のせいではない。触っただけで壊れる道理はない。おそらく誰かが割った物を、綺麗に割れたのを幸いに元に戻して置いたのだ」

天神さまが僕の口を借りて言う。

「天神さまの言う通りだ。お前のせいじゃねえよ！」

僕らの様子を見て、サツキも寄ってくる。わけを話すと、

「……うーん、事情は分かったけど、正直に話したほうがいいと思うよ。この花瓶、先生、大事にしていたし……」

もっともな意見だ。そこへ一人の生徒が入ってくる。藤原平《ふじわらひとし》。気弱でクラスでは目立たないタイプだ。

「……おはよう。あっ」

花瓶を見つけて僕らを見つめる。僕らは事情を話した。

「……そうなんだ。それなら元に戻せばいいんじゃない？」

「ええっ!!」

それじゃ根本的な解決になってないじゃないか。確かに綺麗に割れているから元に戻すのは簡単だけど。言うが早いか、藤原君は元に戻してしまった。

「これでいいよ。内緒にしておくから」

本当のことを先生に言うべきだとは思ったが、壊れたことを知ったら、先生はどんな顔をするだろう。そう思うと勇気が出なかった。岩戸やサツキも同じ気持ちだったようだ。僕らは何食わぬ顔をしていた。そこにもう一人生徒が入ってくる。今度は女生徒だった。想兼知恵《おもかねちえ》。クラスの委員長でメガネがトレードマークの頭脳明晰な才女だ。

「……おはよう」

「おはよう」

「おはよう」

岩戸は手だけ挙げて見せた。この二人は仲が悪い。

どこのクラスも一緒だと思うが、クラスには派閥みたいなものがある。スクールカーストなんていうらしい。要はクラス内の順位のようなものだ。最小単位に分けると二～三人くらいずつになるが、大きく分けると二つのグループに分かれる。そのグループのリーダーがそこの想兼嬢。もう一つのグループのリーダーが他ならぬ岩戸だ。

想兼嬢は女子だけあって、女子中心のグループ。しかし、女子よりの男子も何人かいて、藤原君はその数少ない一人になる。藤原君と想兼嬢を入れて人数は十七人。勉強が得意な想兼嬢は面倒見がよく、成績の悪い生徒には積極的に教えてあげたり、委員長の立場を利用して助けたりするので、人気があるのだ。それに対して岩戸はスポーツが得意。言葉より行動で示すタイプ。運動が苦手な生徒をかばったり、コツを教えたりしてくれるので、彼も人気がある。ちなみにグループの人数は僕と岩戸を入れて十七人。サツキのように男子よりの女子も少数いるため、まったくの同数である。僕がいじめられた時に参加した生徒はこのグループ全員だった。それなら想兼嬢のグループに助けを求めるという手もあったのだが、女子がほとんどだったので、やめた。つまらないプライドかもしれないが、男子が女子に頼るのは格好悪いと思ったし、やはり自力で何とかしたいという気持ちがあったからだ。

想兼嬢と岩戸は水と油。最低限の接触はするが、お互い話そうともしない。もしかすると、刎頸の友になる前の藺相如と廉頗に似ている気がする。文官と武官のようなものだし。まあ、性別の違いもあるかも。ただ、自分も想兼嬢のことは好きではなかった。何というか……目的のためには手段を選ばないところがあるからだ。

想兼嬢は花瓶には気づかなかった。続々と他の生徒が教室に入り、全員集まった頃にチャイムがなる。

「おはよー、皆！」

明るい声で先生が入ってくる。三善清子《みよしきよこ》。専門は古文でこのクラスの担任だ。

「うーん、今日の花もいい香り……⁉」

そういえば、花瓶の花の匂いを嗅ぐのが先生の日課だった。悲劇は直後に起こった……。鼻で触った途端に、花瓶が壊れて先生が半狂乱になった。

その日のホームルームは犯人捜しの時間に早変わりした。鼻で触っただけで壊れるはずがないと先生が主張し、真犯人は名乗り出ろという展開になってしまった。先生は今朝七時頃花を生けたが、花瓶が壊れていなかったことも話した。そうなると、七時頃から僕らが教室に来た七時半頃の三十分以内に誰かが壊したことになる。その短い時間に外部の人間がわざわざ入り込むとも思えないから、すでに登校していた生徒と教職員の中に犯人がいることになる。

「…………」

先生は黙ってクラスの皆をにらんでいる。他の先生にも話を通しているようで、犯人が名乗り出るまで授業は始まらないことになってしまった。まさに針のむしろ。真相を知る僕と岩戸と藤原君は平静を装っているが、気が気ではないようだ。他の生徒はいいとばっちり。皆不満そうな、イライラしたような顔をしている。サツキは今にも言いたそうだった。

長いような短いような沈黙の中、手をあげて発言をする生徒がいた。想兼嬢だった。

「先生、真犯人は分かりませんが、少人数まで絞ることができます」

クラスの注目が集まる。

「……続けなさい」

先を促す先生。

「私が教室に入ってきた時、花瓶は先生が来た時と同じ状態でした。……そうなると私が壊していない以上、その前に教室に来ていた人の中に犯人がいるはずです」

思わずドキッとする。本当だとしても自分はやっていないと言い切れるのはすごいと思う。

「……それで、その生徒達の名前は？」

クラス全員に緊張が走る。

「岩戸君と神代君、山崎さんの三人です」

一斉にどよめく。案の定だ。彼女は堂々と嘘をついている。藤原君も入れれば四人のはずだ。

「それは違う！　藤原もいた!!」

岩戸が立ち上がって叫ぶ。

慌てて口止めしようとしたが、遅かった。僕と岩戸、サツキが仲良しなのは皆知っている。この雰囲気の中でそれを言ったら罪をなすりつけようとしているとしか思われない！

「本当なの、藤原君？」

先生が問い詰めるようににらむ。

「……い、いいえ」

立ち上がり、震える声で言う藤原君。その直後、外がいきなり暗くなり、豪雨が降ってきた。

「……おかしいわね。予報では晴れのはずだったのに」

そればかりか雷の音がする。それも何度も。どんどん近づいてくるみたいだ。

雷の音に怯《おび》えたのか、ガタガタと震えている藤原君。たまりかねて叫んだ。

「ごめんなさい、犯人は僕です！　うっかり教壇を倒してしまって……綺麗に割れたのをいいことに元通りにしたんです！　岩戸君も、神代君も山崎さんも悪くありません!!」

言った途端に座り込んで泣き出してしまった。

雷のおかげで真犯人が名乗り出た。そうか、あの時、藤原君は花瓶を元通りにしてから教室に戻ってきていたんだ。そう言われれば、彼の席には荷物が置いてあった気がする。

しかし、雷は止むどころかますます勢いを増す。間隔も短くなってきている。

ま・さ・か。

（…………）

静かすぎると思っていたが、天神さまは怒ると雷を呼ぶ祟り神の側面を持っている。やっぱり天神さまの仕業だ……！　我を忘れて雷を落とすだけの祟り神になっている！　このままじゃ、この教室に雷が落ちるかもしれない……！　やばいやばい……そういえば以前、天王さまが天神さまの雷の止め方を教えてくれたような気がする。記憶の糸を手繰り寄せ、必死に思い出す。

（神さまの力の源って知っているか？）

天王さまにそう聞かれたことがあった。

（ん～。やっぱり、神さまの地位によって力が違うとか……）

最高神である天照大神に近いほど力が強いと聞いたことがあった。

（それもある。例えば、「三貴神《さんきしん》」という言葉もある。知ってるか？）

（？　いいえ）

マンガでもよくある、なんたら四天王みたいなものだろうか？

（これは「伊邪那岐命〈イザナギ〉」が黄泉《よみ》の汚れを落とした時に、最後に生まれた三柱の神々を指す。一人はわしの姉。「天照大神〈アマテラスオオミカミ〉」。一人はわしの兄「月読命〈ツクヨミ〉」。最後はほかならぬわし、スサノオだ。わしら三柱が揃えば、大概のことはできる。……とはいえ、姉は太陽神、兄は月の神だから、二人同時に揃うことはまずない）

確かに昼に月が出ることは滅多にないし、夜に太陽が出ることはない。

（「三貴神」は例外として、その序列は人が勝手に決めたもので、神同士は皆平等。誰が尊いということはない。人間と一緒だ。名目上は人も皆平等だろう？　天は人の上に人を作らず……だっけ？）

（……力も皆同等ってこと？）

（それも違う。残念ながら、力の差は明らかにある）

（じゃあ、正解は？）

（うむ。人の信仰心だ。祀られている神社の数や、お参りに来てくれる人で決まる。人によって信仰心の強い、弱いもあるから、人数が多ければいいわけではないがな）

物知りといえば天神さまのイメージがあるが、神さまの知識に関しては、天王さま……須佐之男が一番詳しい。やはり一番メジャーで高位な神さまで、坂戸神社の神々のリーダー的存在なだけはある。

（じゃあ、天王さまが強いのも）

（うむ。ありがたいことに、神社も信仰してくれる人々も多いからだ。だが、よいことばかりでもない）

顔を曇らせる天王さま。

（どんなことですか？）

（……そうだな……いい例が道真だな）

意外な名前が出てきたので、僕は驚いた。

（道真は祟り神とされていることは知っているな？）

（うん。陥れた犯人を呪い殺したとか……）

（そうだ。政敵であった藤原時平や醍醐天皇の皇太子など、短い間にたくさんの人間が死んだ。雷が鳴り、病が流行って彼らが死んだのは事実。だが、それはただの不幸な偶然。当時、それを道真の祟りだと信じた人があまりにも多かった。各地で道真を祀る神社が作られるほどだ。そのせいで、道真は本当にその力を得てしまった）

沈んだ表情で天王さまは語る。

（そんなことが……）

（そう、人の信じる力はお前たちが思っているよりずっと強い。道真は何かの拍子で怒ると歯止めがきかなくなり、雷を無限に落とす祟り神になってしまう。あいつ自身はそんなことはできない優しい性格だった。太宰府で最期を迎える時も、自分の身を嘆いてはいたものの、自分を左遷した醍醐天皇への恨み言もなかったと言われている）

（雷モードになったらどうすればいいの？）

怖くなって尋ねた。

（神同士でも止めるのは難儀だが……。ああ、一つだけあるな。「くわばらくわばら」）

（「くわばらくわばら」？）

天王さまはうなずく。

（そうだ。「桑原〈くわばら〉」と書く。道真の領地だった土地で、そこには雷が落ちなかったそうだ。だから、「桑原桑原〈ここはあなたの領地だから雷を落とさないで〉」という意味だ。一回くらいでは無理だが、何度も言えば、効果があるだろう）

（なるほど……。覚えておきます）

思い出した！　僕は急いで唱える。

「桑原ぁ!!」

気が遠くなるほど唱えた。気づくと空が晴れてきて、雷も雨も止んだ。

（……無事か、透！）

天神さまの声が聞こえる。よかった、正気に戻ったんだ……。すっと意識がなくなっていった。

目覚めたのはまたも保健室だった。極度の精神的疲労から気を失ってしまったらしい。

「……よかった、気がついた！」

目を覚ますと、サツキが心配そうに僕を見つめていた。岩戸もいる。彼が運んでくれたらしい。持つべきものは親友だな。

「ありがとう、二人とも」

「うん、何もなくてよかった」

「いいんだ、気にするな」

はにかみながらうなずくサツキと岩戸。あのあとどうなったのか話してくれた。先生は雷のせいとはいえ、素直に名乗り出たことに満足し、多少お小言を言っただけで藤原君を解放した。当の藤原君は幼い頃から雷が嫌いで、家族もなだめるのにいつも苦労していたほどだという。そういえば藤原って……天神さまの仇の……時平の子孫？　……まさかね。想兼嬢は、僕らをはめるために嘘をついたことがばれて、こっぴどく怒られ、先生に一週間の掃除当番を命じられた。僕らの誰かを犯人にすれば岩戸の株が落ちることを狙ったのだろう。彼女のことを好きになれないのはこういうところだ。今回は失敗に終わったので、懲りてくれればいいんだけど。

（……本当にすまなかった）

（結果的には雷のおかげで真犯人が分かったんだし、気にしないでください）

僕らが無実の罪に落とされそうになり、気づいたら祟り神になってしまったらしい。かつての自分の境遇とも重なったんだろう。何度言い聞かせても天神さまはすまなそうにしている。

「あの雷、菅原道真のせいじゃない⁉」

その通りなんだけど……。僕を想ってのことなので、とても責められない。

「でも、すごかったね。『桑原桑原』って。あれは菅原道真よけの呪文か何か？　皆も驚いてたよ」

「……まあ、同じようなもんだよ」

調べれば分かることだけど、曖昧に答えた。クラスの中では、すっかり天神さまが悪役になってしまっている。

「さ、帰ろうぜ」

今日の授業はすでに終わっていた。僕はまだふらついていたが、岩戸に支えられながら二人で帰宅した。


それから、次の天神さまの当番の日。その日は土曜日だった。もちろん、学校は休み。

（予に見せたい物とは……）

（もうすぐ来ると思います）

父親にねだって頼んでもらったもの。さすがに坂戸では売っていなかったので、インターネット通販でわざわざ取り寄せてもらった。

ピンポーン
「来た！」

僕は急いで玄関に向かう。運送屋のお兄さんが荷物を抱えて立っていた。ハンコを押して荷物を受け取る。

「ジャーン‼」

僕の中にいる天神さまに見せつける。「太宰府名物、梅ヶ枝餅」と書かれていた。

（おお！）

珍しく感嘆の声をあげる天神さま。

福岡県の太宰府市の名産のお菓子。天神さまの好物とされている。何でも、太宰府で辛い暮らしをしていた天神さまの面倒をいろいろみてくれていたもろ尼御前という人が梅の枝を添えて差し出したとか……。

「さあ、食べよう！」

冷凍なので、食べる分だけレンジで解凍して食べるのが美味しい食べ方らしい。二十個入りとたくさんあるが、とりあえず一つずつ食べることにした。もちろん、最初の一個は天神さまだ。体を天神さまに明け渡す。温まった梅ヶ枝餅が目の前にある。

（どうぞ、天神さま）

（よいのか⁉）

（この前のお礼です。ご遠慮なく）

恐縮していたが、食欲には勝てなかったのか、手を伸ばす天神さま。

（ではありがたくいただこう）

何ともいえず美味しそうに頬張る天神さま。僕の体だから妙な感覚だけど。

（美味しいですか？）

（うむ。まさか遠い坂戸の地でこれが味わえるとは……便利な世の中になったものだ。このパリッとした皮の感触。甘すぎない餡の組み合わせが何とも言えずうまい……）

グルメリポーター顔負けの恍惚《こうこつ》とした表情を浮かべて味わっている。

（……ちなみに、この伝説は本当なんですか？）

（……ん？　太宰府で予の面倒をみてくれた女性がいたのは本当だ。梅ヶ枝餅の伝説は……予がこれを好きだと信じている人々はたくさんいる。ならばきっと真実なのだろう）

美味しそうに頬張りながら、天神さまは答える。

そうか、神さまにとっては人が信じていることが真実になるんだ。なら僕は信じよう。僕が知っている天神さまは祟り神なんかじゃない。とても物知りで優しくて冷静で頼りがいのある神さまだと。

たとえ僕一人でもそう強く信じれば、それが真実になるはずだ。

山王さま（オオヤマクイ）の章

どこか見覚えのある川岸。次の瞬間、真っ青な空間が目の前に広がる。小学生くらいの男の子が苦しそうにもがいている。ゴボゴボと音を立てて、貴重な酸素が泡になっては消えていく。もう一人、同い年くらいの男の子が後ろから近づく。助けようとしているようだ。だが、必死に暴れる男の子の肘《ひじ》が、みぞおち辺りを蹴ってしまう。お腹を押さえて男の子は沈んでいく。暴れていた男の子も、力尽きて沈んでいった……。

携帯電話のアラームで我に返った。

「夢か……」

現実と勘違いするほど生々しい夢だった。顔もはっきり覚えているが、どちらも見覚えはなかった。

（どうかしたか、透？）

（……はい、山王さま）

山王さま。大山咋命（オオヤマクイノミコト）。武・火雷の神。江戸城の守護神だった関係で徳川氏の氏神になり、現在では皇居の鎮守になっている。この神さまも肉体強化系かと思っていたが……。今は夢のことが気になるので、あとにしよう。夢の話をできる限り詳しく話した。

（……そうか、その夢は現実にあったことかもしれんな）

（本当ですか？）

（うむ。簡単に言うと、この坂戸の地だけではないが、土地ごとに動画を記録している）

（動画？　インターネットで見られる動画みたいな？）

（似たようなものだ。過去にあった出来事も、すべて観られる。本来、我々神々しか観ることを許されていないが、たまたま人の子が観ることができてしまうことがあるのだ）

そう言われてみれば、川岸は高麗川《こまがわ》だった気がする。小学生くらいの頃、家族で水遊びに行ったことがあった。

（山王さまのお力で、あの子たちがどうなったか分かりませんか？）

あの夢では二人の安否は分からなかった。おそらくは助からなかったと思うけど……。非常に気になる。

（ハッキリとした場所や日時が分かれば、簡単だが……。あるいは二人の名前か……。どれも分からないなら難しいな。それがしの力は土地を領土にすることで、土地であった出来事を知るだけなら、どの神でも可能だ）

元々、「大山咋」の「咋（くひ）」は杭のことで、山に杭を打つことで自分の所有権を主張したことが始まり。転じて、杭、またはそれを見立てた棒や石などを地面に立てることで、その土地を領土にできる。

（領土って、具体的にはどういうことですか？）

（そうだな……。さすがに税を取ったりはできないが、その場所では何をやっても許される。商店であれば無料で利用できるし、裸になっても、誰にもとがめられない）

（なるほど、すごいですね。……でも、お店にも生活があるから、タダで利用するのは気が引けるし、裸になる気もないし……。僕にとっては、利用しにくいです）

正直に言った。裸ってアキラ一〇〇％じゃあるまいし。気を悪くしたかなと一瞬思ったが、山王さまは怒りもせずに言った。

（代金という概念がない神々にとっては、当然のことなのだが……。人の子である透なら、そう言うのが当たり前かもしれんな。しかし、お前くらいの年頃なら、店の者の生活まで考えずとも……）

（ああ、それは地元の商店街の人が父親と同級生で、よくしてもらっているので）

父親づてに、昔と比べると子供や若者も減って商売が厳しいなんて話をしょっちゅう聞かされていた。

（なるほどな。だが、それがしの力が役に立つこともあるはずだ。使いたい時が来たら、言うがよい）

そういうわけなので、山王さまは他の神さまとは違い、意識して初めて使える特殊能力を持つ神さまだった。体に負担がない上、ざっくばらんな性格なので、付き合いやすい神さまだった。

今は夏休み中。登校する必要はないが、宿題の自由研究を岩戸と僕とサツキを含めた六人共同でやることになり、彼の家に集まることになっていた。

大人数なので、何をやるかで結構もめていた。そういえば、言い出しっぺである岩戸はまだ自分の意見を言っていなかった。

「岩戸は何かないの？」

僕が聞くと、岩戸は待ってましたとばかりに口を開いた。

「実はな、坂戸の七不思議を調べようかと思ってるんだ」

「七不思議⁉」

岩戸以外の五人が口を揃える。

「友達や別の中学の奴から聞いた噂を集めてみたんだが……、これがリストだ」

そう言って、プリントアウトした紙を見せてくれる。全員が紙を囲むようにして群がる。紙にはこう書かれていた。

坂戸の七不思議

一．坂戸のどこかにいると言われる謎の巨大怪鳥

二．身投げした女性の幽霊が出る陰気な橋

三．顔のないお地蔵さまが門番をしている異次元への入り口

四．　坂戸駅の周辺にある呪われた首切り地蔵
五．　馬頭観音の先にある街灯のまったくない不気味な道路
六．　河童が住み着き、人を引き込む死の沼
七．　シンメトリーの家と呼ばれる幽霊屋敷

以上。よくこれだけ胡散臭《うさんくさ》いものを集めたなあと逆に感心してしまった。最初は二十個くらいあったが、岩戸が独自の調査で七つに絞り込んだそうだ。面白そうなものを残しただけらしいけど。

「おおーっ」

僕以外の三人は歓声を上げる。中学生らしい反応かもしれない。

「怖そうなのばっかり……」

サツキだけは本気で怖がっているみたいだ。こういうのは昔から苦手だっけ。神さまと同居している僕には、まさに子供だましだけど。

「簡単に全部説明するぞ。一は知り合いの小学生の弟から聞いた話だ。迷子になったその子が、迷った先で目撃したらしい。すごい勢いで地面を走っていたから、怖くなって逃げたそうだ」

得意げに語る岩戸。

「二は親せきの大学生から聞いた話だ。身投げした女の人の霊が出るらしい。川島町と坂戸を結ぶ橋で、夜は暗くて怖い所だそうだ」

暗い表情で絞り出すように語る岩戸。

「三のお地蔵さまは友達の父ちゃんが小さい頃に聞いた話だそうだ。危ないから近づくなって脅かされたってさ」

皆、表情を硬くしながら聞いている。

「四は知り合いのじいちゃんから聞いた話で、何でも坂戸駅の周辺には、昔刑場だった場所があって、近くにはお地蔵さんがあって、移動させようとしたら祟りがあったらしい」

岩戸もだいぶノッてきたみたいで、気味の悪い喋り方が板についてきた。

「五は、いとこの姉ちゃんから聞いた話で、馬頭観音の呪いだか、祟りで街灯を作ることができないらしい。夜は真っ暗で草木もボウボウに生えてるから、車で通るのも怖いって言ってた」

ここは近くにあるから、皆知っていた。改めて聞くと少し怖い。

「六は近所のばあちゃんから聞いた話だ。昔は坂戸の至る所で『河童に注意！』って立札があったが、ここだけは本物らしい。昔お坊さんが沈んで二度と浮いてこなかったとか……」

溺れる真似をしながら語る岩戸。

「最後の七は、ネットでも噂になってるヤバイ話だ。シンメトリー……文字通り左右対称になっていて二階に行く階段なんかも二つあるらしい。ポルターガイスト現象がひどくて、取り壊すことすらできないとか」

ポルターガイスト現象っていうのは物がひとりでに宙に浮いたり、動いたりする現象のこと。

「面白そうだろう。これを手分けして調べるってことでどうだ？」

満場一致で決まる。僕も和を乱すつもりはないので、冷めた気持ちを隠して賛成した。出所はどれも怪しいので、半信半疑なものばかりだ。

場所がはっきりしているものは、その場所に行って確かめ、可能なら証拠写真を撮る。場所すら不明なものは調べて可能な限り真偽を突き止めることを目標にした。

二人一組で二つの不思議を担当することに決めた。僕はサツキと組んで、四と五を調べることになった。問題は七つ目の左右対称の家だが、これは最後に皆で調べようということになった。

調査は明日からということになり、サツキと明日の待ち合わせの約束をして、別れた。自宅への道を歩きながら、ずっと黙って聞いていた山王さまに訊いてみる。

(坂戸の七不思議ってご存じでしたか?)

(七不思議という言い方では知らんが、すべて思い当たるものがある)

(本当ですか⁉　すごい!)

僕は素直に感嘆の声を上げる。

(うむ。元々この辺りは平地で、川や山も近くにあり、食料も豊富で、住みやすい場所だった。大昔から人が住んでいる土地柄だ。至る所から旧石器時代や縄文時代の遺跡が出るのもそういうわけだ)

得意げに語る山王さま。小学生の頃、坂戸市の歴史民俗資料館という所に授業の一環で行ったことがあるけど、たくさんの土器や石器が飾られていたっけ。少し前も五世紀後半の太刀が発掘されたとか。

(それじゃあ、この怪鳥はどうですか?)

(それは怪鳥でも何でもない。ただのダチョウだ)

（ダチョウ⁉）

（新田牧場という所で飼っている。体長は大人よりもでかいくらいだから、ダチョウを知らない子供が見たら怪鳥と言ってもおかしくなかろう）

早速携帯でググってみると果たしてその通りだった。見学も可能で、世界一大きいと名高いダチョウの卵も応相談で譲ってくれるそうだ。

（そしたら、この陰気な橋は？）

（幽霊が出るかどうかは知らんが……坂戸と川島町を結ぶ橋なら道場橋かな。昔有名な剣豪が開いた道場があり、そこに通うために橋が架けられたのが由来だ。街灯も少なく木や草に覆われている。その辺は昔から水害で苦しんでいた地域で、いわくつきの土地だ。大川何某《なにがし》という実業家が堤防を作るまでは大変だった）

これもググってみる。この地域は入間川《いるまがわ》と越辺川《おっぺがわ》に囲まれた窪地で昔から洪水に悩まされていたそうだ。

（異世界の入り口っていうのは？）

（今も地名で残っている一本松があった辺りに、六本の道が交差する六道の辻があった。こういう道は珍しいので、異世界……黄泉の国とつながっていると言われ、その守り神として地蔵が作られた。今は一本松も六本の道もなくなっており、東に少しずれた場所に移動している）

これは調べても出てこなかったが、六道の辻という場所は京都にもあるらしい。六道っていうのは仏教の教義で言うあの世のことらしいけど、難しいので省略。

（この呪われた首切り地蔵は？）

（あの辺は「坂戸宿〈さかどのしゅく〉」と言われていた頃、いわゆる関所があった。近くに刑場があり、重罪人や関所破りをした人間の首を切って晒《さら》した。通行量の多い街道上に置くことで見せしめの効果を狙ったわけだ。罪人の供養をするために、百二十年くらい前に地蔵を作った。ちなみに首切り地蔵とは言われているが、首はちゃんとある）

これもググったけど、よく分からなかった。

（今は確か……「日の出町」という名前の交差点にある駐車場の一角にまだ残されている。その近くにある伊勢屋はお供えの団子を作るためにできたのが始まりだ）

駅から近い場所にあるから、明日行って確かめてみよう。

（不気味な道路は？）

（街灯がないのは馬頭観音のせいではないし、呪いや祟りがあるからでもない。坂戸と毛呂山《もろやま》の境にあるため、どちらの自治体が設置するかもめてそのままになっているだけだ）

（そ、それだけ……）

何のことはない。大人の事情で放置されてたのか。

（あそこは夜でも飛ばしている車が多いから、別の意味で危ない。夜は特に近寄らないほうがいいな）

呪いや祟りよりも車のほうが危ないっていうのも皮肉な話だ。

（河童の沼は？）

（越辺川には至る所に深い淵があってな。おそらく「玩信坊ケ淵《がんじんぼうがふち》」のことだろう。玩信坊という坊さんが泳ぎに行って、河童に引き込まれ死んだという昔話がある。この淵は底知れぬ深さがあり、落ちればまず助からなかった。それで河童が引きずり込んでいるという話が広まったのだ）

これもググっても出てこなかった。グーグルよりすごいなんて……さすが神さま。ちなみに越辺川は坂戸の北から東にかけて囲むように流れている川だ。

（シンメトリーの家は？）

（…………）

ここで山王さまは初めて沈黙した。知らないのかと思ったらそうではないらしい。

（……そこは、子供が遊び半分で行くには危険な場所だ。やめておけ）

それきり何を言っても答えてくれなくなってしまった。本当にやばいのかもしれない。


次の日、四と五をサツキと調べに行ったが、ほぼ山王さまの言う通りだった。

首切り地蔵は、今では延命地蔵と呼ばれているという違いがあったくらい。不吉な名前を避けて真逆の名前で呼んだのだろう。実際、首切り地蔵なんて恐ろしい名前とつり合わない穏やかなお顔をしたお地蔵さまだった。

また、伊勢屋というお店はすでになくなっていた。ついでに和菓子を買おうと思っていたサツキは残念そうだった。

馬頭観音は観音像があるわけではなく馬頭観音と書かれた古びた石碑があり、今でいう高速道路の道案内と同じ役割をしていたようだ。天保四年と書かれていたので、調べてみたら西暦で一八三三年だった。ちなみにその四年後に有名な大塩平八郎の乱が起きている。馬頭観音は隣町の毛呂山にあり、道路の大半が毛呂山町の管轄だった。坂戸市の管轄は南側の入り口だけ。だが、道路の利用者のほとんどが、坂戸市民だから、坂戸で整備しろというのが毛呂山町の言い分らしい。

実際歩いてみると、結構長い距離なのに、一個も街灯はなく、草木が生い茂っており、狸などの野生動物も多く住んでいるとか。車とは何台もすれ違ったが、スピードを出す車が多かったので、サツキも怖がっていた。日中でさえこの調子だから、夜はもっと怖いだろう。

おかげで僕らの分は一日で済んでしまった。あとの二組の調査はやや難航したが、山王さまが教えてくれた内容をヒントとして一部伝えたので、すんなりと調べられたみたいだ。

報告された調査結果も、山王さまが教えてくれた内容とほとんど一致していたが、「玩信坊ケ淵」だけは道も整備されておらず、付いていった保護者が危険と判断して引き返したそうだ。危ない場所だからこそ、河童がいるという噂を流して人を遠ざけようとしたのだろうと結論付けられた。今でも河童が住んでいてもおかしくない、自然の多く残された場所だったそうだ。

そして、今日は最後の七つ目の不思議「シンメトリーの家」を六人で調査しようということになった。奇しくも、今日の神さまは山王さまだった。

（それがしは止めたはずだが……）

その日の朝、山王さまの声が頭に響く。

（……考えがあるんです。その家を領土にしたらどうなります？）

山王さまがはっと息をのむ。

（……なるほど。悪くない考えだ。領土にすれば、それがしの加護を得ることができる。誰にも危害を与えることはできんから、安全に探索ができるだろう）

考えた通りだった。もしダメだったら諦めるつもりだったけど。

（しかしだ。加護が得られるのは、それがしと一体化している透、お前だけだ。他の者を守ることはできん）

これも予想通りではあった。

（それなら一人でいきます。岩戸やサツキたちには外で待っててもらいます）

（それでいいのか？）

（僕には山王さまがついていますから）

神さまが味方なら、霊なんてこれっぽっちも怖くない。領土にする能力がなかったとしても、神さまのほうが霊より強そうだ。

（……心得た。任せておけ）

力強くうなずいてくれる山王さま。

（この家の由来をご存じなら、教えてもらえますか？）

（……そうだな。どうしても行くのなら詳しいことを知っていたほうがよいだろう。以前、夢を見たと言っていたが、覚えているか？）

（……夢？　あ、もしかして男の子が溺れる夢ですか？）

すっかり忘れていた。

（うむ。実は高麗川の川岸と言っていたから、独自に探していたのだ。そうしたら、あの二人は、例の家の子供だったことが分かってな。……まあ、百聞は一見に如かずと言う。見に行こう）

（え、見に行くってどういうこと？）

山王さまの案内で着いたのは「勝呂廃寺《すぐろはいじ》」と呼ばれる遺跡だった。簡単に言うと、県内最古の寺院跡らしい。野原になっていて、切り株のような形をしたコンクリートの柱が等間隔に埋められている。その場所に柱が建っていたらしい。

（ここは、千年ほど前には五重塔もある立派な寺があってな。当時は重要な施設だったが、神々にとっても特別な場所なのだ）

（むん！）

山王さまが念じると、中央に階段が現れる。

「隠し階段⁉」

何度も掘り返されてるのに、今までよく見つからなかったな。

（特別な結界に守られているからな。神の案内なしには見つけられん。誰かに見られるとまずい。急いで入れ）

急かされて階段を下りる。その先にはたくさんの鏡が縦横無尽に置いてあった。こんな数の鏡は初めて見た。不思議そうな顔をしていたのか、山王さまがこの場所のことを説明してくれる。

（前にも簡単に話したが……、お前たちが「日本」と呼ぶ世界のことを「葦原中国」と言う。この国ができてから、今までのすべての歴史や出来事を記録した物を「葦原全記（あしはらぜんき）」と呼ぶ。日本版のアカシックレコードだな。それの正体は土地そのものだ）

アカシックレコードをググってみた。何でも、過去・現在・未来のことを記したもののことを言うらしい。実在するかどうか不明って書いてあったけど。

（そして、ここはその坂戸版だ。坂戸で今まで起きたことのすべてが、動画としてこの場所に保存されている。神々しか知らない場所だ）

坂戸だけでこれだけの量があるなんて……、日本全体だったら、とんでもない量になるんだろうな。

（これだな）

その中から山王さまが一つの鏡を選ぶ。その途端、見覚えのある映像が映った。

（あの時の夢だ……！）

（では、ここの動画を使って説明してやろう）

「シンメトリーの家」の映像が流れる。

（この家は元々二つの家だった。それぞれに家族が住んでおり、隣同士で仲が良かった。特に子供は、二人とも男の子だったが、一緒によく遊んでいた）

幸せそうな家族と、仲の良さそうな二人の男の子の姿が、現れる。その後ろには、二つの家が見える。同じような造りの家だった。この頃はシンメトリーの家はなかったらしい。楽しそうに二人が遊んでいる様子も観える。

（すぐそばに高麗川があるな。今のような暑い頃、そこでよく水遊びをしていたそうだ。だがそんなある日、二人とも溺れて死んでしまった）

それがあの時の夢……、改めて観ても痛々しい動画だった。結局、二人とも助からなかったんだ……。

（いたたまれなくなった家族は、それぞれ引っ越してしまい、空き家になった。不動産屋が売ろうとしたが、ポルターガイスト現象が頻繁に起こるようになった。特に不思議なのは、いつも同時に両方の家で、その現象が起こっていたことだ。手に負えなくなった不動産屋は、ある高名な霊能者に診てもらった。彼が言うには、亡くなった子供の霊がそれぞれの家に取り憑いており、お互いを求めて磁石のように引き合っているためだと）

（それで二つの家を繋げた……!?）

思いついたようにつぶやく僕。

（そうだ。このままでは除霊は難しいと言われたため、隣り合った二つの家を強引に一つの家にする工事をした。このまま売れないよりはマシと判断したのだろう。上に行く階段が二つあるのもこのせいだ）

工事を進める動画が流れる。そして、家が今の姿、「シンメトリーの家」になったところで終わった。

（……それで、ポルターガイスト現象は収まったんですか？）

（……それが、収まるどころか、もっとひどくなった。売るどころか取り壊すことすらできなくな

り、こうして放置されているわけだ）

そこで山王さまの説明は終わった。

（このあとは動画を観てもよく分からなかった。家の中で決まった時間に、ポルターガイスト現象が起こるところと人影らしいものが映っている程度だ）

（その時間は何時ですか？）

（十五時頃だな）

ポルターガイストが起きる時間が分かれば、探索の時も役立つだろう。この時間は覚えておこう。


山王さまの話が終わり、「勝呂廃寺」から皆の待つ「シンメトリーの家」に向かった。待っていた皆に、僕の口から山王さまに聞いた話を伝えた。もちろん、山王さまのことは秘密だ。皆も危険性は分かったらしい。サツキなんて顔を真っ青にしている。今にも倒れそうだ。

「僕が一人で調べてくる。皆はここで待ってて。何かあったら助けを呼んでくれればいいから」

すでに木の枝を杭に見立てて、儀式を行っていた。これでこの家は、僕の領土なので安全に探検できる。

岩戸以外の四人はホッとしたようにうなずいた。だが、岩戸だけはついていくと言って聞かなかった。

「……だからぁ、山王さまが守ってくれるから心配ないって」

サツキには聞こえないように小声で言う。

「お前一人に危ないことはやらせられないって言ってるんだよ‼」

「……二人とも、ケンカしないで！　やめようよ、ケガでもしたらどうするの」

サツキも必死に止める。神さまだけじゃなく、霊にも敏感なのかも。

岩戸の気持ちは嬉しいが、正直足手まといだ。山王さまに相談してみる。

（どうします？）

（まあ、一人くらいなら、それがしが眼を光らせておけば大丈夫だろう。連れていってやれ）

僕は例の儀式のおかげで、無条件に守られるそうだ。

「仕方ない。山王さまが何とかするって。ただし、危なくなったらすぐ逃げろよ」

「分かった‼」

こうして、僕らは二人で「シンメトリーの家」を探検することにした。

（幽霊って、本当にいるんですか？）

不安を紛らわすため、山王さまに訊いてみた。

（幽霊は、さっきの映像と深い関係がある）

（どういうことですか？）

（幽霊もその記録の一つなのだ。人の子の身ではその記録を見られないが、その記録に人の怨念や強い未練があると、人の子にも見えてしまうことが稀《まれ》にある）

（……なるほど。幽霊っていうのは、過去の映像なんですか。そうだとすると、祟りとかに結びつかないと思うんですが……）

（通常はそうなのだが……。過去の記録に怨念や強い未練があると残留思念となり、明確な意志を持つ。その土地に入ってきた者に強く影響する。まあ、そのせいで見られるようになるのだが）

いよいよ分からなくなってきた。

（要は人に取り憑いたり、物を動かしたりすることができるようになってしまうということだ）

（はあ）

（そして、おそらく幽霊は二人いる。二人の幽霊がいるから同時にポルターガイスト現象が起きたのだろう。注意しろよ）

（は、はい）

岩戸に幽霊が二人いる話をして、慎重に、二人で家に入る。岩戸の表情は真剣そのものだった。

入り口には暴走族が書いたと思われる意味不明な緑色の落書きがあり、不安を掻《か》き立てる。一階に入ると割れたガラスが散乱しており、来る者を拒むような独特な雰囲気が辺りを支配していた。山王さまの加護があっても、高鳴る胸の鼓動を抑えきれなかった。

一階には何もなかったので、二階に上がった。子供部屋らしきものが二部屋ある。元々は別の家だったようだが、造りはまさに左右対称だった。子供たちの遺品らしいものが残されており、それから左の家の子は「清」、右の家の子は「明」と分かった。

噂以上に不気味な家だったが、心霊現象は何も起きていなかった。しかし、携帯の時計が十五時を過ぎた頃、急に起きた。神さまの話通りだった。多分事故が起こった時間なんだろう。

急に辺りが真っ青になり、ゴボゴボと水が器官に入ってくるような感覚が全身を襲う。周りの物が水の中にあるようにプカプカと浮いている……！　これがポルターガイスト現象の正体か!!

（しっかりしろ、透！）

（は、はい!!）

すぐに正気に戻る。霊の力で彼らが死んだ時の状態にされていたようだ。山王さまのおかげで大事に至らなかった。岩戸は……。

（いかん、あのままでは危険だ）

岩戸は泡を吹いて倒れている。僕は慌てて彼を抱え上げる。かなり重いが、山王さまの助力もあり、どうにかお姫さま抱っこのような体勢で移動できそうだ。お諏訪さまや天王さまに比べれば落ちるが、山王さまも肉体強化ができる。

（早く外へ連れ出せ!!　家の外に出れば霊の力は及ばないはずだ）

部屋を出て階段へと急ぐ。階段を駆け下りる。もうすぐ出口へ行けると思った瞬間、意外な人物が立ちはだかった。

「想兼さん⁉」

なぜここにいるのかは分からないが、完全に正気を失い、脱出を阻んでくる。

「逃がさないぞ、清!!　よくも見捨ててくれたな!!」

声も別人のようだった。恐らく明という子が取り憑いているんだろう。

「違う!!　僕は見捨ててない!!　お前こそ、よくも僕を蹴ったな！」

泡を吹いていた岩戸が突如目を覚まし、僕の腕から降りてしまった。

（どうやら、彼には清のほうが憑いているようだな）

（どうすれば⁉）

二人は対峙《たいじ》している。仇敵《きゅうてき》のように、にらみ合っていた。元々仇敵だから憑きやすかったのかもしれない。ああ、間が悪い！

（この家はそれがしの領土だ。力ずくで二人を正気に戻すことはできるが……）

（やってください!!）

（それが、さっきからやっているのだが、効かない……）

（えーっっっっっっっっっっっっっっ!!）

焦る僕。二人は取っ組み合いのケンカを始めてしまった。

（……もしかすると、誰かが杭を抜いてしまったのかもしれぬ）

（……と言うと？）

（杭が抜けた瞬間にそれがしの領土ではなくなるから、それがしの力が及ばなくなる）

杭というか、木の枝は家のすぐそばに突き立てていたはずだった。玄関の戸を開けて外を見ると、風にでも飛ばされたのか、枝は倒れていた。

（やはり！　すぐ戻せ!!）

僕は外に出て戻そうとする。すると、ケンカをしていたはずなのに、二人がかりで僕の体をつかんで妨害してくる!!

（カンのいい奴らだ!!）

いまいましげに叫ぶ山王さま！

（そうだ、四人が外にいたはずだ！）

「誰か、その枝を戻して!!」

……しかし、誰もいなかった。怖気づいて逃げてしまったのかもしれない。

「……誰か、誰かいないか!?」

ダメもとで叫ぶ。いよいよダメかと思った時だった。木の枝のそばに、サツキの姿が見えた。怖気づいてしまったのか、ブルブル震えている。

「サツキ、頼む!!」

「……どうすれば、いいの!!」

必死に声を張り上げて訊いてくる。

「その枝を、地面に突き立てて!!」

「わ、分かった!!」

サツキは両手で木の枝をつかむと、しっかりと地面に突き立てる。

（山王さま!!）

（心得た!!　それなる杭は我が分身！　大山咋の名に於《お》いて、この地を我が領土とする！）

山王さまが声高らかに叫ぶと辺りが光に包まれる。

岩戸と想兼嬢は相次いで倒れる。体から追い出されたようだ。

清と明らしい姿がシルエットのように浮かび上がる。

（事故の映像を流してください！　できますか⁉）

（それくらいは造作もないが、それでどうする？）

（二人を説得します。百聞は一見に如かず。映像を見ながらなら説得しやすいはず‼）

（よし、やってみろ！）

僕はうなずいた。やるしかない‼

「明君は見捨てられたわけじゃない、そうだろ、清‼」

僕は叫ぶ。廃屋に響くほどの大声で。

（嘘だ！　俺が溺れて手を出しているのに、お前は取ろうとしなかった‼　一人で逃げたんだろう‼）

明の声は山王さまの声のように辺りに響く。

「じゃあ、何で清も死んだんだ‼　逃げたんなら、生き延びてるはずだろう‼」

僕は大声で反論する。言葉に詰まる明。

その瞬間、二人の溺れた時の映像が家の中に流れる。二人が注目する。

青い空間が目の前に広がる。上下左右すべて水だ。明が溺れて必死に手を伸ばしている。清はその手を無視して、わざわざ後ろに回ろうとしている。

（見ろ、俺の手を取らないで無視してる‼）

（……手を取らなかったのは、直接手を取れば俺も引き込まれてしまって助けられないから。だから、僕は必死に明の後ろに回った）

清が真相を語る。その声も辺りに響く。

上手く後ろに回ったと思った瞬間、必死にもがいていた明の肘が、助けようとしていた清の体にクリーンヒットする。急所だったようで、見る見るうちに沈んで行く……。溺れていた明も力尽きて沈んで行った……。

(お前こそ、見ろ！　お前が蹴ったせいで僕は助けられなかったどころか、そのまま溺れてしまったんだ！　お前のせいだ!!)

(ウソだ、嘘だ、うそだ!!)

耳をふさいで絶叫する明。

「思い出すんだ、その時、苦しくて必死にもがいた君は何かを蹴り飛ばしたはずだ!!　それは、後ろに回った清だったんだ!!」

山王さまが蹴った瞬間の映像を、もう一度流してくれる。真実を突きつける！

(……本当だ!?　確かに、何かを蹴り飛ばしたような……?　まさか、それで……)

「そうだ、そのせいで清は気を失い、結果的に二人とも助からなかったんだ……」

つらそうに、黙ってうなずく清。二人の姿が重なる。

(そうか、俺のせいで清まで……)

(いや、さっきはああ言っちゃったけど、俺は明を助けられなかったんだから、お前のせいじゃない)

お互いをかばい合う二人。かつて親友だった二人の姿がそこにあった。天神さまに教わった刎頸の友……というのは彼らのことかもしれない。

「誤解は解けたようだな。二人とも、そろそろあるべきところに戻るがよい」

山王さまが諭すように言った。

（はい！）

（ありがとうございました）

清と明は仲良く手をつなぎながらスーッと消えていった。成仏した……ということだろうか。

「すごかったね」

サツキが寄ってくる。

「うん、でも無事に終わってよかった……⁉　まさか、今の二人見えてたの？」

「男の子二人の幽霊のこと？　途中からだけど、ハッキリ見えてたよ」

うなずくサツキ。

（山王さま、これはどういう……？）

（わしらの気配にも敏感だからなあ。そういう体質なのだろう）

感心したように山王さまがつぶやく。

「……ん……！」

サツキが急にうずくまる。

「大丈夫？　調子悪いの？」

慌てて駆け寄る僕。

「ありがと、大丈夫。ちょっとめまいがしただけ」

僕が手を貸すと、その手をつかんで立ち上がるサツキ。何もないなら、いいけど。

結局、家を一つにしてもポルターガイスト現象が消えなかったのは、怨念の塊となっていた二人の霊がケンカをしていたせいらしい。霊能者の見立ては正しかったが、二人の霊を引き合わせたことが裏目に出ていたのだ。僕という第三者が加わったことで初めて仲直りすることができ、彼らの怨念が消えて残留思念も消えたため、元の「葦原全記」の映像に戻ったそうだ。よく分からないけど。

想兼嬢はどこからか、僕らの自由研究を聞きつけて、不法侵入だと言って僕らを止めるために中に入ったらしい。サツキ以外の三人は彼女を止めることができず、外から不安そうに見守っていたが、中ですごい物音がしていたため、怖くなって大人を呼びに行ったそうだ。皆、あとで先生や両親に怒られたが、大事に至らなかったし、結果的にポルターガイスト現象が収まったことで不問にされた。

僕らの自由研究はクラスで評判になった。不法侵入の件があったので、おおっぴらに表彰されることはなかったけど。岩戸なんかは調子に乗って、次の心霊スポットを探しているらしい。あんな危ない目にあったのに。

（ほどほどにしておくのだな。何かあってからでは遅いからな）

飽きれたように言う山王さま。

（僕はこりごりですから、もう行きませんよ）

我ながら子供らしくない発言に、苦笑する山王さまだった。

後日談。五の道路は現在工事中なので、街灯も設置されるかもしれない。

白山さま（ククリヒメ）の章

この日は白山（しらやま）さまの日だった。いつもはパッと起きるんだけど、次の日が休みということもあり、前日に夜更かしをしたせいで、眠くて仕方なかった。

（起きなさい、透。朝ですよ）

優しい声で呼びかけられる。母親よりも、はるかに優しく心地よい声に、却って眠くなってしまった。

（……ん～あと五分……）

思わずベタに返してしまった。もちろん、ただの時間稼ぎだ。

しばらくは優しく呼びかけていた白山さまだが……。

（……もうとっくに五分たちましたよ。これ以上続けるなら考えがあります）

その口調は明らかに怒気を含んでいた。ヤバイかなと思ったが、なかなか眠気に反抗できない。

ボヨン
そうしているうちに、体に違和感が。

（寝ているだけなら、わたくしも寝かせていただきます。真の姿でね）

「ええっ⁉」

慌てて飛び起き、胸に見慣れない物が……。逆に股の間にあるはずの物が……ない‼

（触るのはもちろん、見ることも鏡に映すことも禁止します。これはわたくしの体ですので）

冷淡な声が頭に響く。試しに体を鏡に映したら、吸血鬼のように何も映らなかった。

女性化してしまった僕は、ろくに親とも顔を合わせず、引きこもって過ごすしかなかった。トイレにも苦労する大変な一日だった。


次の日、白山さまのことをサツキに聞いてみた。

「菊理姫（ククリヒメ）。縄でくくって物と物を関連づけることから転じて、人と人をつなぐ縁結びの神さまね。北陸の霊山、『白山（はくさん）』信仰と結びついて全国に広まったんだけど、その理由は謎。一説では天照大神の伯母で養育係でもあるとか。創世神話のイザナギとイザナミの夫婦げんかも仲裁したとも言われてる。出自をみると力がありそうだし、間違いなく怒らせると怖いタイプだから気を付けてね」

そのあとはいつも通り、神さまなんてろくなものじゃないから関わらないようにねと続くのだが、聞き流した。もっと早く聞くべきだったたな。白山さまの怖さを身をもって知った僕は、それからは即起きるようになった。

白山さまの番だったある日。いつものように岩戸とサツキと一緒に登校する。その途中で、想兼嬢と運悪く出くわしてしまった。いつもならもっと早く登校する彼女だが、少し寝坊してしまったらしい。

「おや、今日は重役出勤かい、委員長さま？　いつもより、ゆっくりじゃないか」

嫌味たっぷりに言う岩戸。苦々しい顔で想兼嬢が応戦する。

「あなたのような問題児と違ってやることが多いものですから。ついつい寝坊してしまうんですよ」

カチンときたのか、さらに言い返す岩戸。サツキも止めようとするのだが、グループも違い、気の合わない想兼嬢とはどう接していいか分からないようだ。アワアワするばかりでどんどんエスカレートしていく。

「それなら遠慮なくもっと寝坊してみたらどうだ？　先生にも評判のいいあんたなら、一日くらい遅刻、いやいっそ休んでも誰も文句言わないだろうよ」

余裕たっぷりに言い返す想兼嬢。

「あなたのような不良ならそれもいいでしょうけど……。委員長ともなると、とてもそんなことはできません。好きなようにふるまえるあなたがうらやましいわ」

「何だと、コラ！　俺がいつ好き勝手したっていうんだよ！」

「ご自分の胸に聞いてみなさい!!」

ついに口げんかになる。何とかなだめて教室に着いた。席は離れているから、教室に着けばケンカは自然に鎮火する。

黙って見ていた白山さまが話しかけてくる。

(あの二人の仲の悪さにも困ったものですね)

気になっているなら、何とかしてくれればいいのにと思う。

(そんなに簡単にはいかないのですよ)

(縁結びの神さまなのに?)

(縁結びの神はたくさんいますが、その力はそれほど大きなものではありません。本来会うはずのない人同士を会わせるようにしたり、会える回数を増やしたり……きっかけを与えてやる程度なのです)

(でも、イザナギとイザナミっていう神さまを仲直りさせたんでしょう?)

サツキが教えてくれた話を調べてみたら、こんな話だった。

死んでしまったイザナミを迎えに行ったイザナギが、醜く変わり果てたイザナミに会って怖くなり、逃げ出したものの、黄泉比良坂《よもつひらさか》で追いつかれ、口論になってしまった。そこに白山さまが現れて、二人の間に入って事を収めたそうだ。

(仲直りさせたわけではありません。結局別れたわけですから。今風に言えば円満離婚させただけです)

言われてみれば、元通り仲のいい夫婦になったなんてどこにも書いていなかった。

(特に男女の仲は難しい。性別の違いを超えてお互いを思いやり、理解させねば…………!)

何かいい考えを思いついたみたいだ。ピーンと閃《ひらめ》くような感覚がした。

（いいことを思いつきました。わたくしに任せておきなさい）

自信たっぷりにささやく白山さま。その意味は次の日になって分かった。


朝、いつものように岩戸を迎えに行く。今日の当番はお稲荷さま。同じ女性神だけど、こちらは白山さまほど怖くないし、あまり口出ししない。あることを除けばだけど。

岩戸の家の前で待たせてもらうが、なかなか出てこない。スマホに電話が来る。岩戸はスマホを持っていないため、わざわざ家の電話からかけたらしい。

「もしもし、どうしたの？」

「……ごめんなさい、今日は行けない……」

どうも変だ。電話番号は岩戸の家の番号だし、話し方もおかしい……。女の子っぽいというか
……！

「……まさか。僕の時みたいに女の子になっちゃったの？」

「……いいえ。信じてくれないと思うけど、私、想兼よ」

「ええっ⁉　なら、何で僕の電話番号を知ってるの？」

「ご丁寧に電話のそばにメモが貼ってあったの。透の電話番号って」

「ああ、なるほど」

まだ信じられない僕に、お稲荷さまがささやく。

（ははあ、菊理姫のイタズラですね）

（多分、入れ替えたんでしょう。岩戸君の中身は想兼さんのところにいると思いますよ）

中身って……確かめてみよう。

「想兼さんの家の電話番号を教えてくれる？　できれば携帯のほうが都合いいけど」

「どうしてあなたに教えないといけないのよ」

このぶっきらぼうな言い方、確かに想兼さんっぽい。

「多分、想兼さんの体に岩戸が入っていると思うから、電話して確かめてみたいんだ」

「………分かったわ」

渋々、教えてくれる。彼女は携帯を持っているので、話は早かった。いったん、岩戸の中に入っている想兼嬢の電話を切って、想兼嬢の中にいるであろう岩戸にかけてみる。ああ、ややこしい。

「もしもし、岩戸かい？」

「……透……どうなってるんだ⁉」

声は明らかに想兼嬢だけど……。明らかに岩戸だった。二人とも学校どころではないので、休んでもらって放課後にサツキも交えて四人で会うことにした。集合場所は僕の家。両親が共働きなので、しばらくは誰もいないから。


「で、どういうことなんだ」

想兼嬢の中に入っている岩戸……ややこしいので、以後は岩戸O（イワトオー）と呼ぶ。Oは想兼嬢のイニシャルだ。

「分かるように説明して」

岩戸の中に入っている想兼嬢、こちらも以後は想兼Ｉ（オモカネアイ）と呼ぶ。もちろん、Ｉは岩戸のイニシャルだ。

説明役は、第三者であるサツキが買って出てくれた。お稲荷さまにお願いしたいところだったが、サツキや想兼嬢に神さまと同居している話は明かしたくなかった。要は入れ替わっていることを説明すればいいので、僕の体質の件を伏せることは難しくない。また、サツキの推測とお稲荷さまの推測が、ほぼ同じだったことも決め手だった。

「で、入れ替わりをさせた犯人だけど、たぶん、菊理姫だと思う」

昨日の意味ありげな一言を考えれば、僕も怪しいとは思う。

「神さまが本当にいるとして、それくらいはできるでしょうけど……。目的は何ですか⁉」

想兼Ｉがヒステリックに叫ぶ。

「彼女の目的は一つ。あなた方に仲良くなってほしいんじゃないかな。縁結びの神さまだから」

サツキがしたり顔で言う。

「この状態でどうして仲直りできるんだ‼」

岩戸Ｏが抗議する。男言葉の想兼嬢は違和感がありまくりだった。いつも怒ってるから、表情はいつも通りだけど。

「お互いを知るには、一番いい方法だから……かな？　……正直、理解に苦しむし、もっといいやり方もあると思うけど」

首を傾げながら言うサツキ。絶句する二人。

二人に代わって、僕が口を開いた。

「じゃあ、元に戻るには……」

「うん。二人が仲良しになった。と菊理姫が判断したらだろうね。……まったく何様のつもりなんだか」

悪態でしめるサツキ。この悪意はどこから来るんだろう。……何様と言われても……神さまだと思うけど。衝撃を受ける二人。しばらくは立ち直れそうにない。「君の名は」みたいになってきた。救いなのは、当事者が僕じゃないことかな？

いろいろ四人で話し合う。いつ元に戻れるか分からない以上、お互いのために学校もいつまでも休むわけにはいかない。明日から行くことになった。できるだけ四人で行動して、ぼろが出ないように僕とサツキがフォローすることになった。「君の名は」と違って遠距離じゃないし、協力者がいる分、楽かもしれない。その日の夜、夢の中で白山さまに会った。

「苦労しているようですね」

にっこりと微笑む白山さま。夢の中では一対一で話ができる。

「やっぱり、白山さまの仕業ですか」

「もちろんです。お互いを知るには一番よいでしょう」

お稲荷さまとサツキの言う通りだった。

「やり方が乱暴すぎますよ」

「良薬は口に苦し。時には荒療治も必要でしょう」

表情を見ると、面白がっているようにしか見えなかった。

「……サツキの話は聞いてました？」

おそるおそる聞いてみる。彼女も僕と同じ目に合わされたら……僕とサツキの体を交換されたりして……。……ちょっといいかも。

「強引なやり方ですから異論は認めます。罰を与えるようなことではありません」

ホッとした。少しだけ、ほんの少しだけ残念だけど。

「仲直りの基準はどうなります？」

一番気になることをストレートに訊いてみた。

「そうですねえ……。自然に手をつないで歩けるくらいかしら」

僕は思わず吹き出す。

「ご冗談を。ほとんどカップルじゃないですか」

水と油、犬猿の仲、破《わ》れ鍋に綴《と》じ蓋《ぶた》……最後だけ違うかな？　あの二人がそこまで仲良くなるとは思えない。

「両想いになって悪いことはないでしょう？」

「それはそうですけど……。ハードルが高すぎますよ。一生元に戻れないかも……」

想像するとゾッとする。

「なら、友としてお互いを認め合えるくらいにしましょうか」

男女の友情は難しいかもしれないけど……。妥当なところかな。

「じゃあ、二人に伝えておきます」

そういえば、もう一つ気になることがあった。

「僕の手助けは、どこまでＯＫですか？」

「他の神の力を使ってもいいか、という意味ですか？」

「ええ」

考え込んでから、白山さまは答える。

「……その神が同意したら、ＯＫということにしましょう。ただし」

「他の神の力で元に戻す……というのはナシですよ」

あ、やっぱりダメか。

「元に戻しても、また私が入れ替えるだけですから」

ウインクする白山さま。ズルはダメですね、とうなずいたところで、夢は終わった。


次の日。今日の当番は八幡さま。戦の神さまだけあって、二人を決闘させて決着をつけろなんて物騒なことを言っていた。正直、僕には取っつきにくい神さまなので、あまり協力はしてもらえそうになかった。

いつものように岩戸の家に行って、途中でサツキが合流。その後、想兼嬢の家に寄って四人で登校することになった。

登校途中、二人から苦労話を散々聞かされた。着替えやトイレ、入浴などなど……。お互いの大事なところはまったく見えない上に触れないらしい。その辺は、さすが白山さま、徹底していた。

「……見えないから大変だわ。まあ、あなたのお粗末な物なんて見たくありませんけどね!!」

よせばいいのにケンカを売る想兼I。

「……何だと！　こっちだってお前の貧乳なんて興味ねえよ!!」

岩戸Oも負けじと言い返す。

「何ですって!!」

「何だよ!!」

いがみ合う二人。他の生徒は異様な組み合わせに声も出せずに見守っている。これが一生続いたらと思うと……「君の名は」とはえらい違いだ。何とか二人をなだめて教室にたどり着く。間に挟まれる僕とサツキが先に倒れるかもしれない……。八幡さまは面倒がって何もしてくれなかった。僕の中でゴロゴロしている。具体的に言うと、こたつの中に入ってミカンを食べながら寝転んでいるくらいリラックスしている。

授業中。

「この熟語、分かる人」

黒板に「be good at ～」と書き、英語の教師が教室を見回す。いつもなら真っ先に想兼嬢が手を挙げるが、今日は想兼Iが手を挙げる。

「『～が得意だ』です」

教師の指示も待たずに、文字通り得意げに答える想兼I。本人はいつも通りだが、教室はどよめいている。岩戸は勉強が苦手なので、手を上げることはほとんどない。

「せ、正解。今日はすごいな、岩戸」

今度は「have a good time」と黒板に書く。

「これは少し難しいかな。……誰か、分かる人は」

今度は誰も手を挙げない。一度答えて満足したのか、想兼Iはニコニコしながら見守っている。

「じゃあ、想兼。君なら分かるだろう」

こういう時にも難なく答えるのが想兼嬢だった。

「分かりません」

涼しい顔で答える岩戸O。そう、岩戸は指されても「分かりません」以外は言ったことがなかった。教室が違う意味でどよめいた。

「……そ、そうか。座っていいぞ。これは『楽しい時を過ごす』だ。……このように、『good』は幅広くプラスの意味を表す言葉だから、よく覚えておくように」

少し面食らったものの、教師は何事もなく授業を進めた。

授業が終わると、早速人目の付かない所に僕らを連れ出して、文句を言う想兼I。

「よくも恥をかかせてくれたわね!!」

「あんなの分かるわけないだろ」

済まして答える岩戸O。それはそうだ。僕にも分からなかったし。

「まあまあ。ちゃんと話し合ったろ、できるだけ喋らないようにって。ボロが出るに決まってるんだから。手を挙げて答えるなんて岩戸は絶対しないし」

「あんたの評判は上がったんだからいいでしょ!!」

「そんなの頼んでねえ」

ぶっきらぼうに答える岩戸O。

「何ですって!!」

「何だよ!!」

またもいがみ合う二人。もう止めるのも疲れた。サツキと顔を見合わせて、頭を抱える。

次は体育だった。まず着替え。想兼Iは真っ赤になりながら着替えている。なかなか手が進まない。僕は早く着替えてから、壁になってあげた。その甲斐《かい》あってか何とか着替えを終える。他人の大事な所までは隠してくれないから大変だ。男女は別なので、岩戸Oは他の部屋で着替えているが……。グラウンドに出ても全然姿が見えない。他の女子は全員いる。

僕らが女子の着替えを見に行くわけにもいかないので、サツキについてもらっている。こういう時、女子の仲間がいると心強い。

なかなか来ない。時間がたってから、サツキだけが体操服姿で現れた。先生に報告の上、僕らの所に来る。

「岩戸Оは？」

小声で訊く。サッキは恥ずかしそうに答える。

「……それが……、鼻血を出して倒れちゃって……。保健室に連れていったところ」

岩戸……なんてベタな反応を……。僕だったら……、まあ同じようなことになるかもな。


「このドスケベ!!　どうせ女子の下着姿ばっかり見ていたんでしょ!!」

「仕方ないだろう、嫌でも目に入っちまうんだから!!」

鼻にティッシュを詰めながら言い返す岩戸О。何とも締まらない。

「お前こそ、あのポンコツっぷりはなんだ!!　ペケだと!?　俺があんなに遅いわけないだろう!!」

「仕方ないでしょ、私は運動が苦手なのよ!!」

「俺の体なんだから、お前のやる気がないだけだ!!」

そうなのだ。中身は違っても運動が得意なのは変わらないはずだが……。体に慣れていないとうまく動かないんだろうか。

「何ですって!!」

「何だよ!!」

万事こんな調子で大変な一日だった。放課後は、またも僕の部屋に集まって反省会。岩戸Оの着替えについてはサツキの監視の上、壁を見て着替えろと命令されていた。できれば、ご自分もそうしてほしいけど。

慣れというのは恐ろしいもので、一週間もすると、二人ともだいぶ違和感がなくなってきた。当の二人より周囲が慣れてきたということもあるかもしれない。運動のできない岩戸や頭の悪い想兼嬢も一週間続くとそれが当たり前になってしまう。ただ、二人のクラスでの地位は、運動が得意なことと勉強ができることが大きなステータスになっていたから、このままだと大きく低下することは目に見えていた。神さま方は、我関せずで皆、見て見ぬ振りで、ほとんど協力もしてくれなかった。白山さまに言い含められているのかもしれない。触らぬ神に祟りなしという感じだ。神さまが使うと、ものすごく違和感のある表現だけど。

そんな矢先、二人にとって大きなイベントがやってきた。一つは月並みだが、中間テスト。授業中はアレでも、テストでいい点を取れれば、体面は保たれる。だが、想兼嬢の中身は岩戸なので、いい点は期待できない。今日はその対策のために、僕の家に集まっていた。そうは言っても、打てる手はほとんどない。せいぜい一夜漬けで勉強するのが関の山かと思っていた。

「は？」

あまりに意外な申し出に、岩戸Oは思わず聞き返していた。僕も耳を疑った。

「だ・か・ら、これを当日に持っていきなさいと言っているのよ!!」

想兼Ｉが持ってきたのは、びっしりと文字が書き込まれた紙の束。まさかとは思ったが、カンニングペーパーだった。テスト中にこれを見ろということらしい。

「……正気か、お前。こんな物見つかったら、優等生のお前の評判はガタ落ちだぞ！　悪くすれば退学だって……」

いつになく険しい顔で岩戸Oは言う。

「バレなければいいのよ。そのために小さく作ったんだから」

サラリとした顔で反論する想兼I。確かに、この大きさなら袖の中に隠して見ることも可能かもしれない。

「それに、仮に見つかっても傷が付くのは私の経歴。失敗してもあなたには何のデメリットもない。プレッシャーはないでしょ？　かと言ってわざと見つかるような真似をしたら許さないけどね」

神妙な顔で付け足す想兼I。リスクは覚悟しているらしい。危険な賭けをしてでも自分の成績を維持したいなんて、手段を選ばない彼女らしいといえば彼女らしいけど。なお、スマホを持ち込めばもっと簡単だが、岩戸は操作が苦手なので、それは無理があった。

散々渋っていたが、想兼Iの勢いに負けて岩戸OはカンニングをOKした。報酬代わりに、想兼Iは本気でテストに取り組むという。順当に行けば、彼女の成績は学園トップなので、岩戸の成績が一時的にとは言え、トップになるだろう。ものすごい違和感だけど……。ちなみに、岩戸の本来の成績はほとんど赤点ギリギリ。順当に行けば最下位争いだ。僕？　僕は真ん中くらいかな。

テスト当日。心なしか、岩戸Oの表情は硬くなっていた。緊張しているんだろう。カンニングを強要されれば、無理もない。逆に、想兼Iは嬉しそうな顔をしていた。彼女にとってテストは自分の実力を示せる機会で、楽しみなくらいだろう。最初のテストは国語。ちなみに、中間は国語、数学、社会、英語、理科の五科目しかない。期末テストは美術・技術・家庭科・保健体育が加わって九科目になる。期末テストは二日間あるが、中間テストは、一日で終わる。

一時間目の国語のテストが無事終わった。カンニングしている様子はなかったけど……。そのせいか、想兼Ｉが岩戸Ｏを校舎裏に呼び出していた。心配なので、サツキと二人でついていく。

「これはどういうこと⁉　教室のゴミ箱に入ってたけど！」

明らかな詰問口調。その手には、彼女が苦心して作ったカンニングペーパーの束が握られていた。

「……悪いな、やっぱり俺にはカンニングは無理だわ」

悪びれもせず、頭を掻きながら岩戸Ｏは答えた。僕は驚かなかった。岩戸ならそうするだろうと思っていたから。教室のゴミ箱に捨てるのは、無頓着すぎると思ったけど。

「あなたの成績、覚悟しておきなさいよ」

そう捨て台詞を吐くと、背を向けて去っていく想兼Ｉ。失望した様子だけど、これでよかったと思う。

「岩戸君らしいね」

ホッとしたような口調でサツキが言う。僕もうなずいた。カンニングが見つかったら取り返しがつかないし。何より、岩戸は曲がったことが大嫌いなんだ。他人のためでもできるわけなかった。その日の中間テストは、何事もなく終わった。

そして、テストの結果。意外なことになっていた。

まず、岩戸の成績。総合百五十八点で最下位の三十四位。器用にわざわざ間違えていつもと同様の成績にしてくれたようだ。彼女らしい報復と言えた。全教科赤点すれすれなのは、温情なのか、普段の点数通りにしたのかは分からない。最下位と言っても三十四位なのは、一学年にこの人数しかいないからだ。クラスも一つしかないし。

もっと意外なのは、想兼嬢の成績。トップではなかったが、総合四百二十点の七位。平均点数は八十点を超えている。中身は岩戸で、さらにカンニングなしでこれなら上々だろう。

「ど、どういうこと⁉」

貼られていた成績を見て、想兼Ｉが声を震わせながら訊いた。

「ん⁉　ああ、悪かったな。やっぱりトップは無理だったわ」

すまなそうに言う岩戸Ｏ。

「……そうじゃなくて……しなかったのになんで⁉」

さすがにこの場でカンニングとは言えなかったようだ。岩戸Ｏも察して答える。

「ん～？　あれは使ってはいないけど……。紙の内容を一夜漬けで必死に覚えたんだよ。そのまま出てきた問題も多かったから、点は結構取れたみたいだな」

そう言いながら、岩戸Ｏはウインクした。これなら校則違反じゃないだろって言ってるみたいだった。その顔を見て、想兼Ｉは赤面して目を伏せて行ってしまった。自分の行動が恥ずかしくなったんだろうな。

こうして、中間テストは順当な結果に終わったが、次のイベントというか、障害が近づいてきた。

それは、坂戸よさこい。よさこいというのは、元々高知市で行われているお祭り。隣の徳島県の阿波踊りに負けないように鳴子《なるこ》を持って踊り、パレードのように行進しながら町中を練り歩くお祭り。よさこい祭り振興会の方針で全国的に広まり、今では北海道や原宿などでも同様のお祭りが開催されている。僕の町、坂戸市でも、市政施行二十五周年を記念して二〇〇一年から始まった。例年は夏にやっていたけど、暑さを避けるため、二〇一六年から十月開催になった。毎年二十万人近くの人が訪れる、一大イベントである。

参加者はチームに所属する。大半は地元の坂戸市や隣町の鶴ヶ島市などからだが、おおもとの高知市や府中などの地方からのチームもいる。女性の参加者が多いが、男性や子供の参加者もいる。岩戸は地元の名門チーム、演舞麗夢（エンブレム）に属して、参加することになっていた。

「だから、私には無理だって!!」

困り果てた声で、必死に訴える想兼I。

「そこを何とか!!　出るだけでいいから!!」

珍しく両手を合わせて拝み倒す岩戸O。こんな動作は今まで見たことがない。

「必死に練習したから、どうしてもやってもらいたいんだよ！」

拝みながら続ける岩戸O。

「運動が苦手な私が、まともに踊れるわけないでしょう!?　あなただけじゃなく、チームの人に恥をかかせるにきまってるじゃない!!」

さっきからこれの一点張り。言いたいことはよく分かるけど……。岩戸が人知れず、一生懸命練習していたことを知っているから、僕にもうなずけなかった。

ずっとこのやり取りがループしている。しかし、先日の中間テストの件で引け目があるのか、さすがの想兼Ⅰも強くは言えない。ついには根負けして、ＯＫした。先日とは逆だな。

「ありがとう、恩に着るよ!!」

素直に感謝する岩戸Ｏ。

「どうなっても知らないからね!!」

想兼Ⅰも渋々うなずく。踊りのレベルにはチームによって結構差があり、子供が参加しているようなチームは、多少下手でも気にされないから、たぶん大丈夫だと思う。……よほど、下手じゃなければ。……あんまりひどい時は連れ出そう、うん。

そして、祭り当日。今日の当番は白山さま。諸悪の根源……もとい今回の黒幕の日とは、なかなか皮肉な話だった。

（で、いつになったら戻してくれるんです？）

（そうですねえ……。もう一声！　でしょうか）

僕の目から見ても、二人はだいぶ歩み寄っている。中間テストの件で想兼嬢が岩戸をだいぶ見直したようだ。でも、今日の祭りで想兼嬢が下手なことをしたら、また遠ざかる気がする。

（まあ、見ていなさい。きっといい結果になりますから）

坂戸よさこいは神さまにとってもも楽しみなイベントで、他の神さまから大層うらやましがられていた。色とりどりの衣装で大勢が踊る様子は圧巻で、一度見ると病みつきになるとか。それが高じると、岩戸のように自分も踊りたくなるらしい。僕はそこまでいってないけど、見るのは大好きだった。坂戸の駅前は、いつになく人でごった返していて、沿道には各地から来た屋台がひしめいている。焼きそばや、たこ焼きなどの定番の物から、ドネルケバブや群馬のソウルフード、焼きまんじゅうなど、風変わりな物もある。屋台の食べ物を食べながら、近づいてくるチームの踊りを観るのが、最高なんだ。ちなみに会場は六か所あり、坂戸駅前には四か所、北坂戸の駅前に二か所ある。それとは別に坂戸文化会館の駐車場にステージ会場があり、そこには椅子も設置されているから、ゆっくりすべてのチームの踊りを楽しむには向いている。

先導するトラックを先頭に、曲を流しながらチームが道路を踊りながら近づいてくる。この日は交通規制で車は通れなくなっている。曲はルールで高知のよさこい節か、坂戸のよさこい節のような民謡を一部含まないといけない。逆に言えば、少しでも含まれていればあとは自由なので、ロック調の曲が入ったり、洋楽が入ったりもする。また、鳴子という元々は田んぼで鳥よけに使われていた道具を持つことになっている。振るとシャンシャンと音が鳴るので、独特のリズムが生まれる。マラカスみたいなものだ。衣装も色とりどりで、クジャクみたいな派手な衣装もあれば、バービー人形みたいな衣装、盆踊りのような着物姿や、アラビア人みたいな衣装などなど……。衣装を観るだけでも飽きない。行進方式なので、一つのチームが通り過ぎると、また次のチームが近づいてくる。こちらは一歩も動かず、たくさんの人の踊りが楽しめるというようになっているのだ。ちなみに、坂戸市にはマスコットキャラクターが二人いるが、そのうちの一人、「さかっち」は正式には坂戸市のキャラではなく、坂戸よさこいのイメージキャラである。坂戸市のイニシャルSをかたどったボディに、頭には市の花サツキが載っており、両手には鳴子を持っているのが、何よりの証拠だ。ちなみにもう一人は「さかろん」で、市公認のキャラクター。

僕は岩戸Oとサツキの三人で屋台の食べ物を楽しみながら、想兼Iがいる演舞麗夢が来るのを待っていた。駅でもらえるパンフレットには、どの場所にどのチームが来るかは書いてあるので、お目当てのチームがある場合も簡単にチェックできる。そろそろ来るはずなんだけど……。

「あ、来たぞ‼」

「演舞麗夢」と大きく書かれた派手に装飾されたトラックを先頭に、百五十人くらいの集団が踊りながら近づいてくる。他チーム同様、女性が多いが、男性や子供も意外といる。女性は黒を基調にした着物のような衣装で、青い頭巾をかぶっている。男性の衣装は江戸時代の火消しのように見えた。男女とも袖が大きめに作られている。先頭の人と、最後尾の人は共に男性で、勢いよく旗を振っている。曲は冒頭に坂戸よさこい節を使い、その後は米津元師《よねづけんし》などの流行りの曲が次々と流れる。その曲に鳴子のシャンシャンという音が交じり合い、なかなか壮観だった。踊りの振付はゆったりした動きと激しい動きが組み合わされていた。腕を大きく振ることで、袖が風を含んで大きく膨らむのが見ものだった。そうだ、肝心の想兼Iはどうだろう?

探してみると、彼女は列の真ん中辺りにいた。さぞ苦戦しているだろう……と思いきや、列を乱すこともなく、楽しそうに踊っている。これはいったいどういうことだろう? いいことではあるが、説明がつかない。

「いいぞ〜！」

岩戸Oは上機嫌で手を振って見せる。想兼Iはこちらには気づいていないようで、そのまま通り過ぎてしまったけど。

祭りが終わり、決めていた待ち合わせ場所に四人で集まる。

「それがね、曲が始まったら体が勝手に動いたの！　まったく意識していないのに、ひとりでに！曲が終わるまでそのままだったから、まるで自分の体じゃないみたいだった!!」

興奮気味に話す想兼I。

「そうなのか？　まあ、寝る間も惜しんで練習したからな、体に染みついてたのかな……。でも、よくやった。実を言うと、まったく期待してなかったから」

岩戸Oはイタズラっぽく笑う。

条件反射という言葉がある。犬に餌をやるたびにブザーを鳴らす。それをずっと続けると、ブザーを鳴らすだけで、犬がよだれを垂らすなんて話だ。それと同じようなことが起きたのだろうか。曲を聴くと勝手に体が踊りだす。そこまでになるには相当な練習が必要だったろうけど……。確かにそれくらいの努力はしていたかもしれない。

「何ですって!!　……アハハハ!!」

わざと怒って見せる想兼I。でもすぐに笑い出した。つられて、岩戸Oも僕もサツキも笑い出してしまった。

「アハハハ……あれ、お前元に戻ってるぞ！」

「ウフフフ……、本当！　あなたも!!」

笑う門には福来るとは言うけど……。仲良く笑い合ったことで認められたのだろうか、二人の姿は無事に戻っていた。

（……もしかして、こうなるって分かってましたか？）

僕の中にいる白山さまに話しかける。

（そうね。……まあ、神さまですから）

誇らしげに言う白山さま。これで、めでたしめでたしかな。


二人は見違えるように仲良しになり、僕らは四人で登校するようになった。クラスの中心的人物だった二人が仲良くなったおかげでクラスの雰囲気もよくなり、いいことずくめだったが、一つだけ問題が起きた。

「おい、あんまりくっつくなよ」

「いいじゃない、固いこと言わなくても」

カップル顔負けで密着する二人。少々仲良くなりすぎたようだ。まあ、押しかけ女房みたいなもので、岩戸は少々迷惑そうだが。あれ、何で僕とサツキはここにいるんだろう？

ふとサツキを見る。偶然、目が合う。僕は照れて顔をそらしてしまう。

（こちらはまだ時間がかかりそうですね？　力を貸しましょうか？）

からかうような口調で、白山さまが語りかけてくる。

（……遠慮します）

恋人になるために、どんな荒療治をされるかわかったもんじゃない。白山さまは微笑みながら、引き下がった。

お稲荷さま（ウカノミタマ）の章

（おはよう、透！　行きますよ）

頭の中に女性の声が響く。今日はお稲荷さまの日だった。こんな体質になるまで、神さまにうとい自分が唯一知っていた神さまが、このお稲荷さまだった。もっとも、その頃はキツネだと思っていたけど。

（また、私のことをキツネ扱いしたでしょう⁉）

ちょっと考えただけでも、このありさまだ。なんて地獄耳……。

（昔のイメージですよ、昔の。まだお稲荷さまと同居する前の話ですから、勘弁してください）

朝っぱらから言い訳する羽目になる。

（……まあ、私にキツネのイメージがあるのは、透に限りませんからね）

お稲荷さま＝キツネ＝油揚げ。ここまでは鉄板のイメージだと思う。

（キツネはあくまで神使。私のペットみたいなものです）

神使（しんし）。神々にとっての使い魔のこと。ペットのようなものらしい。ちなみに天王さまの神使は日本サッカー協会のマークにもなっているヤタガラス、山王さまはサル。

(なんでキツネなんでしたっけ?)

(可愛いからというのもありますが……。尻尾のふさふさした毛が、刈り入れ時の稲穂に似ているからですね)

そういえば、元々五穀豊穣《ごこくほうじょう》の神さまだった。

今日は夏休みなので、こんな風にお稲荷さまと雑談をしながら、のんびりと朝食を取った。女性の神さまで、口数が非常に多いが、半分は聞き流していればいいので、基本的には付き合いやすい。ただ一つの点を除いては……だけど。

やることもないので、外をぶらぶらすることにした。といっても自宅の近くはシャッター街で、ろくにお店もないので、坂戸駅まで行く。若葉まで行って映画を観てもいいが、それほど観たい映画もなかったし、人が多すぎるのは落ち着かない。坂戸駅くらい人影がまばらなほうがいい。結局、田舎者なのかな。喉が渇いたので、自販機でジュースでも買おうと思って立ち止まる。

(待ちなさい。まさかここで買うつもりではないでしょうね!!)

責めるような口調の声が響く。きたよ……。

(……何か、いけませんか?)

おそるおそる尋ねる。

(あなたにはこの値段が見えないんですか? ペットボトルが百五十円……ぼったくりじゃないですか!!)

消費税が導入されて百円以上の自販機が普通になったのに、未だに百円以上の自販機をぼったくりと言っている人がここにいます。人じゃなくて神さまですが。僕が生まれた頃は、この値段が普通なんですけど。

（いつもあれほど言っているでしょう。ペットボトルで許されるのは百十円まで。普通の缶なら百円以上は言語道断！）

……お稲荷さまの欠点はセコイことです。今の発言から分かっていただけたと思いますが。お稲荷さまには独自の価格の概念があり、それ以上の価格で買おうとすると、このように罵詈雑言《ばりぞうごん》を浴びせられます。

（この辺りには百円の自販機なんてありませんよ）

ダメもとで反論を試みる。

（いいえ、坂戸の駅前には五か所もあります。ここから歩いても五分とかかりません!!）

確かに。耳にタコができるくらい聞かされているから、実は場所も覚えている。具体的な場所は北口の交番の近くの路地、北口サンロードの肉屋の前、坂戸神社の近くの工場の前、南口の郵便局の近くと、夜しかやっていないラーメン屋「いよっこ」の近く。いずれも歩いていける場所ではありますが、面倒くさいんですけど。

（面倒くさい!?　その若さで面倒だと言っていてはろくな大人になれませんよ!!）

ハイハイ。諦めて一番近い百円自販機に寄った。中学生は小遣いが少ないから、助かる部分もあるんだけど……。正直ウザい。コンビニに入ろうとしたら怒鳴られたことがある。

(コンビニで買い物なんて!!　コンビニで買い物をしていいのは大名だけです!!)

確かこんな内容でした。大名って……。それじゃ毎日のようにコンビニで見かけるあのOLさんは大名なんだろうか。平成も終わったっていうのに大名なんていませんよ、どこにも。お稲荷さまの考えでは、いろいろ揃っていても軒並み価格の高いコンビニは金持ちの行く所らしい。必要なものを探すのが、大変な高齢者の方も行っているということをご存じないようだ。コンビニコーヒーなどコンビニでしか買えないものを買うならOKらしい。もちろん、コーヒー以外を買おうとしたらNG。以前、好きなアニメとコラボして、景品のついたジュースを買おうとしたら論争になった。結局、決着がつかなかったため、大人しく他の神さまの日に買うことにした。あの時はひどかったなぁ。最後は感情論になって泣き出してしまう始末。あ、泣いたのは、僕じゃないですよ。泣きたい気分ではあったけど。

(そういえば、この前無駄遣いしたでしょう?)

いきなりこれである。油断していると過去のこともほじくり返される。この辺の話を聞き流すとあとが怖いので素直に応じる。

(思い当たりませんが……。何の話ですか?)

とぼけているような答えだが、本当に思い当たらないから仕方ない。

(先日、道真にお礼のため、梅ヶ枝餅を取り寄せたでしょう?)

あの話?　結構前だからリアルに忘れてました。

(覚えてますけど……。自分の小遣いでは高いから、半分親に出してもらったんですが)

価格はよく覚えていないが、皆で食べるということで半分出してもらったはずだ。

(二十個で三千四百円でしたね)

(そのくらいでしたっけ。送料無料だったはずですが)

なんで僕より正確に覚えているんだろう。

(送料無料は当然として……、一個当たり百七十円ですね。高すぎる!!)

通販なんだから、似たり寄ったりだと思うけど……。それでも安いのを選んだはずだ。

(いいですか、九州だから通販しかないと思い込んでいるのが、浅はかなのです。坂戸には丸広という百貨店があります。百貨店は定期的に地方の名産市というのをやっています)

百貨店なんて高いというイメージしかありませんが。

(先日、九州の物産市があり、そこで梅ヶ枝餅は五個六百五十円で売ってました。一個当たり百三十円。どちらが安いですか?)

なるほど。確かに安いです。僕が買おうと思っていた時に、その物産市はやっていなかった気もしますが、きっと気のせいでしょう。そのことを指摘しても無駄でしょうから。

(確かに。今度はお稲荷さまに相談することにします)

(いい心がけです)

何とか丸く収まった。口答えをしないのがコツとやっと分かってきた。

百貨店といえば、イトーヨーカドーの跡地にできたアクロスプラザ坂戸の二階が開店したんだった、見に行こうかな。

（…………）

途端にしょんぼりしてしまうお稲荷さま。そういえば、イトーヨーカドーは地雷だった。

（イトーヨーカドーの件はお稲荷さまのせいじゃありませんよ）

（いいえ、商売繁盛の神である私の力不足です）

お稲荷さまが商売繁盛の神として祀られるようになったのは、五穀豊穣の神として祀られていたため、その流れから。豊作というのはたくさん作物が取れること。たくさん取れれば、当然安くなってしまう。人の感覚では農業も商売も似たような感覚で祀ったんだろうけど、実際はまったく違うもの。農業に関しては力を持っているものの、商売に関しては何の力もない。そのため、少しでも安いところから買うという節約することを奨励した。要するに、お稲荷さまがセコくなってしまったのは、そのためなのである。専門外のことに対応するために必死だったんだろう。お稲荷さまも環境？の犠牲者なのだ。普通は商売繁盛の神として信じる人が多ければ、その力が備わるはずなのだが、かけ離れていたため、そうはならなかったらしい。そういう意味でも、イトーヨーカドーが閉店した点は関係ないと思うんだけど……。まあ、父にとって思い出の店で、ずいぶん残念がっていたのを見ていたから、堪えたのかな。

あれ、あそこにいるのはサツキかな？　ちょうどいいから、誘ってみようか。

「おはよう、サツキ‼」

「あ、透……おはよう……」

あからさまに元気がなかった。それでも一応誘ってみる。

「……アクロスプラザ、もう開店したんだ……。興味はあるけど……、ごめんね、ちょっと疲れてるから、また今度誘って」

そう言って、別れる。なんか幽霊のように生気がない。少し心配だな。お稲荷さまの気配にも気づかなかったくらいだし。

（何かあったんですかね？　分かります？）

（さすがに会うだけでは、分かりませんね。サツキの体を間借りしていれば、別ですが……。巫女の素養はあっても、かなり居心地の悪そうな体です）

（そういえば、僕の体は居心地がいいっていう話ですが、他の人と比べるとどう違うんですか？）

（……そうですね……。乗り物で例えるなら、あなたがロールスロイスなら、サツキは一輪車というところでしょうか）

ロールスロイスは高級車の代名詞とも言われる名車。ざっとググってみると安くても二千万円以上するみたい。一輪車って……乗り物って言えるんだろうか？

そんなことを話していると、また目の前に見覚えのある人影が。父さんじゃないか。

「ん、透。お前も来たのか」

僕に気づいて声をかけてくる。

「父さんもアクロスプラザに来たの？」

「ああ。休憩時間を利用してな。せっかくだから一緒に行くか」

地元坂戸で働いている父は休憩時間によく、駅前を徘徊《はいかい》していた。まあ、一人で行くよりは、親子で行くのも悪くないか。

フッと頭の中に映像が浮かんできた。あれは、今はなきイトーヨーカドー？　僕が知っているヨーカドーとは少し違う気がするけど……。

（あなたの父の記憶です。親子なんですから、父と想い出を共有するべきでしょう）

視点が非常に低い。どうやら両親に連れられてきたみたいだ。もちろん、父の両親だから僕にとっては祖父母で、もう八十近い。この時の二人とも非常に若く、まだ四十くらいかな。父の年から考えると、軽く三十年くらい前のことのようだ。「イトーヨーカドー」と書かれた大きな看板がある。四階建ての屋上に設置されているので、この辺りならどこからでも見えただろう。人は今より多く、家族連れが大半だった。一階のスーパーを抜けるとエスカレーターに向かう。その脇には「ポッポ」と書かれたフードコートがあった。お好み焼きやソフトクリームなどの軽食を扱っており、決して大きくないスペースに人があふれていた。ねだったのか、まだ幼い父がソフトクリームを買ってもらい、それをなめながら上機嫌でついていく。

エスカレーターを上がると衣料品や家具、本などを扱ったスペースがある。当時はエスカレーターも珍しかったのか、父は上に上がるだけでも、ワクワクしていたようだ。四階まで行くと「ファミール」と書かれたレストランがあった。隣にはお蕎麦《そば》屋さんもあった。父が入ろうとねだるが、さすがに来たばかりで食事は早すぎたようで、断られる。代わりに小銭を渡される。父は小銭を握りしめて、嬉しそうに屋上に向かった。祖父母は別の買い物をしに行くようで、別れた。

屋上に上がると、そこはちょっとした遊園地のような空間だった。お金を入れるとガーガーと大きな音をたてて揺れる乗り物や、ゲームの筐体《きょうたい》が並んでいた。その中には粗末な造りのハンドルの付いたドライブゲームがあった。小銭を入れてドライブゲームを始める父。ミニカーのような車に直接ハンドルがくっついているような子供だましな設計で、ハンドルを動かすと車が左右に動く。道路にはいろいろな障害物があり、ハンドルで障害物を避けながら遊ぶみたいだった。今のゲームセンターのゲームとは比べ物にならないくらい安っぽいが、それでも父は夢中で遊んでいた。

小銭がなくなった頃に、四階に戻ると祖父母が待っていてくれた。どうやら待ち合わせをしていたらしい。もう昼時なのか、今度はすんなりと店に入る。家族連れのお客でいっぱいで、順番を待つ。どうにか席に案内されて、メニューを見るとハンバーグやお子様ランチなどの子供向けのメニューの他にラーメンや和食などの大人向けのメニューもあった。今でもあると思うが、家族で食べたいものが分かれてしまい、どの店に行くかでもめることがないようにという配慮だろう。デザートのパフェを美味しそうに食べながら、父はふと窓から下を見る。下には電車の倉庫や花屋などの商店があり、通行人もたくさんいる。四階という高さでも周りの状況が見渡せて、結構いい眺めだった。

映像が途切れ、今の坂戸の風景が目の前にある。父がいぶかしそうに見ていた。

「大丈夫か？　ボーっとしてたぞ。熱中症じゃないだろうな？」

心配そうに僕の顔をのぞき込む父。確かに連日真夏日が続いていた。

(急に止めないでくださいよ)

(ごめんなさい。あなたの父が不審がっていたから、代わってもらいました)

僕に父の想い出を観せている間、父の相手をしてくれていたが、生返事が多かったようだ。想い出の映像を送り込むのも大変なんだろう。

僕も閉店イベントの時、一緒に行ってみたけど、どこにこれだけいたんだろうってくらい人が集まっていた。店長さんが最後に挨拶の中で、イトーヨーカドーが坂戸市にできてから四十年ですが、坂戸市が市になってから四十年ですという言葉があった。坂戸のシンボルといえる存在だったんだろう。この時期、各地のイトーヨーカドーが閉店に追い込まれたが、近隣の住民も同じような想いを抱いたのだろうか。

自分は家族で行くこともなかったから、思い入れがなかったけど、惜しむ人がたくさんいたんだなって切ない気分になった。

今、父の想い出を観て、より共感することができた。

（断っておきますが、あなたの父の想い出は、実際とは違う部分もあると思います。人の記憶は結構あやふやですから）

（そうですか。まあ、三十年以上前みたいですもんね）

美化されている部分や曖昧な部分もあるんだろう。僕には見分けがつかないけど。当時はビデオカメラもあったかどうか分からないし、今みたいに携帯で動画を気軽に撮れる時代じゃなかったんだから。

父と連れ立ってアクロスプラザに入る。新たに二階建てで建てられた建物は、以前よりは綺麗だけど、スペースを無駄にしていなかった印象のイトーヨーカドーに比べると、広々としている反面、所々にスペースが余っている感じがした。二〇一八年の三月三十日に一階部分のスーパーマーケットのみが開店した。その時もオープニングセールなんかをやっていたから、そこそこ人が来ていたけど、先日、六月三十日に二階部分もオープンした。人込みは好きじゃないので、それからひと月ほどたってから、落ち着いた頃に訪問することになった。

親子で同じ日に来ることになったのは、ただの偶然だが、やっぱり親子なのかな。父も人込みは嫌いだった。

一階部分はスーパーの他にドラッグストアや花屋、クリーニング店が入っている。この辺は定番かな。エスカレーターで二階に上がると、右側には衣料スーパーがあった。安いらしく、多くの人が詰めかけている。正面にはメガネ店のスペース。坂戸駅の北口にあった店だが、ここに移転した。大量に並べられたメガネは圧巻だが、人影はまばらだった。反対側は休憩用のスペースになっていて、ベンチやカプセルトイの機械、飲み物やお菓子の自動販売機が並んでいる。残念なことに、二階のオープン日から一か月過ぎているのに空きテナントが四か所もあった。「Coming Soon」と書かれていたけど、いつ入るかは分からない。

左側の通路を進むと美容院。自分には縁はないけど、価格が比較的安いせいか、女性客が結構入っていた。次は歯医者が見えてくる。患者はそこそこ。歯医者は駅前でも珍しくないので、行列ができるようなことはないと思うけど。通路は行き止まりになり、そこには百円ショップがあった。以前のイトーヨーカドーにもあった店だが、その頃と配置や品ぞろえは大差なかった。お客はまずまず。百円ショップが駅前からなくなって不便だったので、非常に助かると思う。逆側の通路を行くと空いたテナントばかり。埋まっているテナントは音楽教室と英語教室。こちらも音楽教室は、北口の駅前にあったので、移転したのだろう。そして、さっきも見た衣料スーパーに戻ってきた。スペースそのものも大きくないが、空きテナントも多いので、一周するのはあっという間だった。

「どうだった？」

一緒に歩いてきた父に聞いてみる。

「まあ、こんなものかな。ＤＶＤレンタル店がないのは残念だが」

噂ではレンタル店が入るとのことだったが、デマだったらしい。坂戸では大きなＤＶＤレンタル店がなぜか駅前にはなく、車でしか行けない不便な場所にある。父の話では空きテナントが多いのは賃料の問題だけではなく、働き手がなかなか集まらないせいらしい。募集をかけても外国人ばかりだとか。

「でもな、何より驚いたのは、外国人が多いことかな」

そうなのだ。若葉に「ワカバウォーク」ができたせいで、北坂戸がさびれてしまった。そのせいで、土地の価値が下がったのか、家賃が安くなり、外国人が多く入ってくるようになった。そのため、日本語学校などもできたが、言葉の壁は厚く、ゴミ捨てなどでトラブルが非常に多いらしい。東洋系の人ばかりなので、パッと見ると日本人と変わらないが、口を開くと聞きなれない言葉。そういうことが珍しくなくなった。

「外国人が多いのは、やっぱりダメなのかな？」

そう聞くと、父は大きく首を振った。

「そんなことはないさ。少子高齢化の問題は俺が子供の頃から言われてきた。効果的な政策ができなかったせいで、解消されなかった結果、外国人を受け入れるなら、それはそれでいいと思う。世界には困っている難民も多い。俺たちが一番困るのは、坂戸から人がいなくなって過疎化することだからな」

思った以上に大人な意見だった。

「福の神で有名な恵比寿さまも、坂戸では古くから信仰されているが、元々は『ヒルコ』と言って、両親である神から捨てられて海に流され、潮の流れで日本に戻ってきた神を崇めたことが始まりだとされている。昔は漂着物を神からの贈り物と考えていたらしい」

僕でも知っている有名な神さまも、外国人と大して変わらないということかな。

「あと、あの休憩所から下の風景を観てみたんだが」

僕も観てみたけど、父の想い出の風景に比べると、ずっとショボく感じてしまった。

「二階と四階で高さが違うこともあるが、比べ物にならなかったな。でも、俺はこうも思うんだ」

「多少劣っているように見えるが、それは時代の流れ。昔は四階建ての建物はイトーヨーカドーくらいしかなかった。今ではアクロスプラザ程度の高さの建物はたくさんある。要は形が変わっても、受け継がれていく物があるなら、それでいいと思う。この土地が更地で終わらなかったことのほうが、俺にとっては嬉しい」

「最近では政府も外国人労働者を受け入れようと、法の整備にやっきになっている。でも、永住権を与えるのではなく、短期労働者として迎え、用がなくなったら元の国に帰れと言わんばかりの待遇だ。人工知能が発達すれば、人手不足が大幅に解消されるから、それまでのつなぎだ。……なんていう専門家もいるが、俺はそうなってほしくはないな」

遠い目をして、父は最後にこう語る。

「お前が俺くらいの年になって、子供を持つ頃には、どんな風景になっているかな。その頃には外国人も珍しくなくなって、日本語も流暢《りゅうちょう》にしゃべって溶け込んでいる。そんな風景のほうがいいな」

そう言って、僕の肩をポンと叩くと手を上げて別れた。どうやら休憩時間が終わったみたいだ。

遠ざかる父の背中を見送りながら、僕はお稲荷さまに尋ねてみた。

（どう思います、父の話？）

（……そうですね。この土地は昔から異国人が多く住んでいる場所です）

（そうなんですか？）

（近くに「高麗神社《こまじんじゃ》」があるでしょう？）

（ええ。隣町の日高市ですけど、この辺では一番大きい神社ですね。千年以上前からある古い神社だとか）

自宅からは割と近いため、七五三などの行事は、高麗神社でやる人も多い。地元では結構有名な神社だ。

（千年以上前の朝鮮に「高句麗《こうくり》」という国がありました。隣国の「新羅《しらぎ》」に圧迫され、滅ぼされてしまうんですが、その国の人々……今で言う難民のようなものですね。高麗神社がある辺りに移住してきたのです。ざっくり言って二千人くらいでしたか）

（言われてみれば、あの神社の宮司さまは渡来人の直系だって聞いたことがあります）

代々高麗氏を名乗っているとか。渡来人は古代に渡ってきた中国人や朝鮮人のことだ。

（そう。その影響で、この辺も渡来人が多かった。ちょうど今の家電量販店がある辺りは牧場というか、馬を飼育する施設がありました。当時の日本には馬に関する知識や技術がなかった。彼らから教わったのです）

家電量販店は国道四〇七号のすぐ脇にある。向かいには新しくなったスーパーマーケットを中心としてDVDレンタルなどの店があり、ショッピングモールみたいになっている。坂戸駅からなら、歩いても二十分くらいの距離だ。あそこが牧場みたいになっていたなんて想像できないな。

（彼らが移住してから千三百年ほどたっていますから、もう日本人と見分けがつかないくらい同化しています）

苗字に「新」「金」「高」などの字が付く人は、渡来人の子孫だなんて話も聞いたことがある。でも、そんな人はいくらでもいるから、こだわるのもバカバカしくなってきた。

（この地に外国人が入ってくるのも今に始まったことではないんです。当時の外国人は日本人にはない多くの大陸の技術や文化を持っていました。それでもてはやされた部分もある。今、日本に来る人たちで、そういうものを持っている人は少ないかもしれません。政府の外国人の扱いが悪いのは、そういうこともあるでしょう。……私たち神にとって来る者は拒まず。生まれが日本でなくても、この土地にいる限りは、私たちにとっては子供のようなものです。この土地に留まり、命の輪をつなげていってほしいと思います。だから、あなたの父の話は正しいと思いますよ）

神さまらしい慈愛に満ちた声が、僕の脳裏に響いた。僕にはまだピンと来ないけど、父の言葉の意味が分かる時が、いつか来るかもしれない。

八幡さま（ホムダワケ）の章

今日は八幡さまの日。いつもよりも緊張する。

（行くぞ）

（……はい）

他の神さまに比べると当たりが厳しいというか、そっけないというか……。サツキに聞いたところ、元々は応神天皇という人物で、母親のお腹の中にいた時に朝鮮の国を征伐したとか、生まれる前から天皇になることを約束されていたとか……。天皇は今でもいるけど、テレビの中でにこやかに国民に手を振っている場面くらいしか浮かばない。当時は今と比べ物にならないくらいの地位だったのだろうか。一介の中学生に間借りをしているなんてプライドが許さないのかもしれない。

今日は土曜日で学校は休み。天気もいいので、皆でハイキングに行く予定になっていた。そんな日なのに妙にピリピリした雰囲気が伝わってくる。今日も八幡さまの機嫌はよくないらしい。

武家の守り神で軍神としても有名らしいが、この神さまの能力は未だに不明。とても聞ける関係じゃない。お互いの距離が分からないから、心も開けない。天神さまとは違う形で付き合いにくいタイプだった。

八幡さまの気配を感じながらも会話もなく、気まずい状態のまま、待ち合わせ場所のバス停に向かった。

「オハヨー、透！」

「おはようさん」

「おはよう、透君」

メンバーはサツキ、岩戸、想兼嬢。サツキと岩戸を誘ったら想兼嬢もついてきたといういつものパターンだった。

「ごめん、待たせちゃった？」

一番最後だと気まずい。

「大丈夫。バスの時間に間に合ってるから！」

勢いよくフォローしてくれるサツキに二人もうなずく。

「……また、神に絡まれたんでしょう？　偉そうな皇族の匂いがプンプンする。八幡でしょ？」

サツキが耳打ちする。曖昧にうなずいてごまかす。いつもながら百発百中なのであせる。

目的地は越辺川のほとり。越辺川は坂戸と隣町の川島町のちょうど間にある川。ざっくり言えば川の西側が川島町で、東側が坂戸になる。自然が豊富で遊歩道もあり、地元ではハイキングやサイクリングのルートとして、結構人が集まるスポットだ。

皆でいろいろなことを話しながら、川の景色や生えている植物に目をやる。

「あ、見て見て～クローバーが生えてるよ～」

目ざとく見つけるサツキ。皆も足を止める。

「四葉探そ～」

「まったく、そんなに簡単に見つかるわけないでしょ……」

なんだかんだ言って想兼嬢も付き合って探す。

「女子はそういうのが好きだよな。どうする？」

岩戸が半分あきれ顔で訊いてくる。

「せっかくだから探そうか」

皆で探すことになった。虫や他の花に浮気してワイワイやりながら、探す。結局見つからなかったけど、意外に楽しかった。

その場を離れて、また皆で歩く。

「……あれ？」

ふと川を見ると、白い点のようなものが。近づいてよく見てみる。どうやら白鳥のようだった。たった一羽しかいない。

急に走り出した僕を追って、三人が追い付いてくる。

「どうしたの？　急にいなくなるから心配したよ」

サツキにたしなめられる。

「ごめん。あれが気になって」

白鳥のことを指差して教える。

「ああ……。ここにいたのね」

深くうなずく想兼嬢。

「知ってるの？」

「コハクチョウよ。シベリアのほうに繁殖地がある渡り鳥」

「寒さが厳しくて、そこでは冬を越せないから、オホーツク海とサハリンを経由して暖かい日本まで来て冬を越すんですって」

さすがに想兼嬢、博学だ。

あとで調べたところによると、オホーツク海は北海道の北にある内海で、サハリンは北海道のすぐ北にある島。日本名は確か……樺太《からふと》だった。

「でも、とっくに冬は終わってるけど……」

ハイキングに来るくらいだから、もうシベリアに帰らないとおかしい。

「左の羽を見てごらんなさい」

そう言われて、じっと見てみる。痛々しいことに左の羽が根元からなくなっていた。

「三年くらい前の二月頃に仲間と一緒にここへ来たんだけど……。田んぼで餌を取っていた時に、いきなり散歩をしていた飼い犬に襲われて……。左の羽に大ケガを負って、そのまま取れちゃったんですって。傷が治ってから、一生懸命飛ぼうとしたけど、無理だった。だから一羽で取り残されてしまった」

想兼嬢の話を聞きながら、皆左の羽のないコハクチョウをじっと見つめる。鳥の表情は分からないけど、寂しそうに見えた。ケガのせいとは言え、仲間や家族と引き離されてたった一羽……自分ならどうだろう……？

「地元の人が、せめて命だけはって気の毒がって役所に掛け合ったらしいんだけど……。保護することはできなくて。水草とかを食べるんだけど、越辺川では充分な餌が取れないから、餌をあげて養っているんですって」

ろくに飛ぶこともできないコハクチョウは生きることも大変なんだ……。

わずかに残った左羽をくちばしで手入れする様子がなんとも痛々しい。そうかと思うと、目の前で大きく羽ばたく。立派な右の羽と、根本しか残っていない左羽が露わになる。もちろん、飛ぶことはできなかった。きっと、飛べるなら今すぐにでも家族のもとへ行きたいんだろう……。

（どうした、なぜ、そんなに悲しむ？）

見かねたのか、八幡さまの呼びかけが聞こえる。

（自分が同じ目に遭ったらと思うと……）

（その仮定に意味があるとは思えん）

冷たく言われる。こんな気持ちを味わったことはないんだろうか。

（何とかなりませんか？）

（何とかとは……朕に助けてほしいと言うのか？）

（僕は自分でできることは自分でやろうと思っています。だから神さまにお願いすることはあまりありませんが……）

（これは僕も無理だし、地元の大人たちでもどうにもできなかった。それなら、あとは神さまにお願いするしかない）

（無理だと言ったら？）

（本当に無理なら諦めます。神さまにだってできることとできないこともあるでしょうから）

（……そうだ、できないこともある。例えば、死んだ人間を生き返らせることはできない。ケガもそうだ。失われた羽を元通りにすることはできん。だが、故郷の地に帰り、仲間たちに引き合わせたい……ということであれば、かなえられるかもしれん）

（本当ですか⁉）

意外な申し出に、僕は驚く。

（少し時間をくれ）

そう言って、八幡さまは黙ってしまう。

「神さまに頼んだのか？」

僕の様子を見て、岩戸が耳打ちしてくる。

「うん、何とかなるかもって」

「本当か！　さすが神さまだな‼」

明るくうなずく岩戸。サツキや想兼嬢はコハクチョウのせいか、少し悲しそうだったが、八幡さまとの約束もあり、何とか盛り上げて、無事お開きになった。

それにしても、羽は治せないけど、故郷には帰れる？　どういうことだろう？　他の神さまに聞いてみようか。

次の日は日曜で休みだったので、次の月曜日から順々に当たってみた。八幡さまと親しい神さまはおらず、いい話は聞けなかったが、天神さまは違った。時代が違うので、直接の面識はないものの、天皇――帝に仕えていた人物だけに、いろいろな話を聞くことができた。

（帝、とはどういう人だと思う？）

（日本の象徴？）

学校で習った通りの答えを伝えてみた。

（そう、今の帝は象徴。仕事といえば自国の行事や視察、外交使節の歓待などだな。国事行為と今の言い方では言うらしいが）

天神さまが補足してくれる。今の日本についてもいろいろ勉強しているらしい。

（予は今で言う宇多、醍醐の二代の帝に仕えていたが……、その頃の帝は今とは比べ物にならない存在だった）

（と言うと？）

（為政者ですべての権限を持っておられた。今で言えば、総理大臣と議会と裁判官を一人で兼ねているといえば分かるかな）

想像もできない言葉が返ってきた。そもそも、その権利は一人が持ってちゃいけなかったんじゃなかったっけ？　三権分立とか何とか。

（それほどに絶対的な権力を持っている存在だったということだ）

（だが、権力には責任が伴う）

（一人では全部できないから、大半は部下に任せる）

（失敗すれば、部下の責任もあるが、そもそも任命したのは帝だから、帝の責任も問われる。まあ、今の総理大臣も一緒だな）

それは分かる。今でも大臣が失言して、辞職したら、総理の責任が追及されることがよくあるから。

（失敗を繰り返せば、最悪退位させられることもある。その重圧は相当なものだ。予の時は藤原氏という有力貴族がいて、彼らの意向も強く、無視することができなかった）

そうなんだ。偉い人は誰にも指図されないから、いくらでも威張れると思ってた。藤原氏は飛鳥から平安時代にかけて力を持っていた大貴族だったっけ。確か、代々自分の娘を帝に嫁がせて、親戚として牛耳ってたんだ。

（そして、どんな組織でも言えることだが、上にいればいるほど、下のことは見えにくくなるものだ。帝であった彼にしてみれば、民ですらないコハクチョウの気持ちなど分かろうはずもない）

（でも、家族や友人がいなかったわけじゃないでしょう？）

（家族はもちろんいる。しかし、妻をめとって子供を作ることは、帝にとって仕事だ。世継ぎを作るのも大事な役割になる）

僕は思わず絶句した。

（相手を選ぶことさえ許されないし、子供ができなければ、何人でも妻をめとらなければならない。子供ができたらできたで一人できればいいわけではない。当時は早死にしてしまう子が多かったからだ）

昔は医学が進歩していなかった。寿命だって今とは比べ物にならないだろうし。

（子供がたくさんいれば、後継者を選ばなければならない。子供が可愛くないはずはないが、公平に扱うことすら許されない）

（友人に関しては……。そもそも対等の存在がいないから難しいと言わざるを得ないな。もう一つ、透の友人、岩戸の件も引っ掛かっているようだ）

（どういうことですか？）

（諏訪の勧めもあったとは言え、ケンカに勝てなかったことが気に入らないらしい）

（どうして？　彼とはあれのおかげで仲良くなれたのに）

ケンカをする前は神さまの力を借りてでも勝ちたいと思っていたけど……。それで勝っても仲良くなれなかったと、今ではつくづく思う。

（八幡は戦いの神でもある。戦いは勝てば官軍。彼にとっては勝つことこそがすべてなのだ。帝ともなれば、敗戦は許されない。自分だけではなく、代々の帝と日本という国をおとしめることになってしまう）

僕の天皇についての認識は、相当甘かったみたいだ。

（彼は予が仕えていた帝よりも、前の帝で天皇の祖先として崇められていた。同じ人の子である透か

ら見て、気位が高く見えてしまうのは仕方ないかと思う）

天皇からも崇められている八幡さまから見て、一庶民の子供である自分なんか下の下。その気持ちなんて分かるはずもないか。

（透の願いを聞き入れたのは自分の力を見せたいという気持ちがあったと思う。だが、彼の能力は軍神ゆえに戦う能力を上げてくれる。今の平和な日の本では無用の長物。やっと願いごとをされたと思ったら、ケガをしたコハクチョウを何とかしてほしいと言われた。彼の得意とすることとは正反対と言ってよい）

戦の神なら、どちらかといえばケガ人を増やすほうだろう。そう言われると、ずいぶん無茶な願いをしたものだった。

（それでも何とかできると言ったのだから、相当歩み寄ったと言える。帝という責任のある地位にいたから、その言葉には重みがある。どんな方法を使うのか、想像もできんが、信じて待つのが、よいのではないかな）

天神さまの言葉に従って、じっと待つ。


次の日、八幡さまの夢を見た。

天狗さまと八幡さまが、坂戸神社で何やら話していた。

「お主が、我に頼みごととはな。どういう風の吹き回しか。生前は見向きもしなかったものを」

天狗さまが白いひげをなでながらつぶやく。

「そんなことは知らん。受けてくれるのか、受けてくれぬのか」

八幡さまは偉そうにせかす。こういうところがとっつきにくい。

「もちろん、受ける。お主の願いというより透の願いだからな。できるだけのことはしてやりたい」

少しむっとしながらも、天狗さまは大きくうなずいた。

「そうか、恩に着る」

ホッとする八幡さま。

「任せておけ。やはり、坂戸では武工芸の神のお主には荷が重いか」

「そうだ。遺憾ではあるが、こればかりは仕方ない」

ため息をつく八幡さま。

「我の力が及ぶのは本土までだが、それでよいのだな?」

「もちろんだ。あとは、住吉大神のほうに頼むつもりだ。ちょうど坂戸にもお住まいがあるからな。半島まで行ければ、知り合いがいる」

「それならば、万全だな」

感心したようにつぶやく天狗さま。

「うむ。それでも道半ばというところだが」

「半島のあとのあてはあるのか?」

「一応な。あまり面識がないから、不安ではあるが。お主と同じように立派なひげをしておる。お主のほうが、話が合うかもな」

難しい顔をする八幡さま。

「ひげ……？　ああ、そういえば坂戸にも祀られていたな。横浜まで行かなくてもよいのはありがたいな」

「ブームとやらで日本でもなじみの深い神だからな。義理堅い御仁と聞いているから、おそらくは」

「一応、我も行こう。ついでにひげ比べでもしてみようか」

おどけて見せる天狗さま。八幡さまが笑うと、天狗さまも大笑いして見せる。そこで夢が終わった。

次の日も八幡さまが夢に出てきた。

そこも神社だったが、坂戸神社よりは大きな神社で、たくさんの大きな木に囲まれ、建物がいくつもあった。少し先のほうには水に囲まれた祠《ほこら》のようなものもある。

あの偉そうな八幡さまが、土下座に近い格好で平伏《へいふく》していた。その前には三人の神さまが見下ろしている。お姿は視界が悪くよく見えない。声からすると、三人とも男性のようだ。

「面《おもて》を上げよ」

右側の神さまが言う。ゆっくりと八幡さまが顔を上げる。

「久しぶりだのお」

真ん中の神さまが言う。

「そちの父は残念であったな」

左の神さまが言った。

「いえ、今はお三方を父とも思っておりますので」

平然と受け流す八幡さま。

「いじらしいことを申す」

「そう言われては無下にもできん」

「何か望みがあるのか？　ちこうよれ」

三人とも機嫌が良さそうだった。八幡さまは、言われた通りに近づく。

何かを頼んだみたいだったが、よく聞こえなかった。

「なるほど」

「いと易きこと」

「あい分かった。任せるがよい」

三人ともおおげさにうなずいて見せる。

「ありがたき幸せにございます」

八幡さまもおおげさに頭を下げる。天狗さまとの会見とは大違いだった。

次の日の夢。今度も神社だった。坂戸神社よりはずっと立派だった。境内で、八幡さまが一人の神さまと話していた。古代の朝鮮っぽい服を着た神さまだった。

「これはこれは。ようこそ」

八幡さまをにこやかに出迎えてくれる。

「いつぞやのイルカは絶品であった。礼を申す」

恭しく頭を下げる八幡さま。

「いえいえ。名前を交換した仲ではないですか」

「実は、その縁に免じてお願いしたい儀がござる」

「何なりと」

そっと耳打ちする八幡さま。

「お易い御用です。承りました」

だいぶ親しい仲のようで、二つ返事で受けてくれた。


次の日の夢。

日本の神社とは明らかに違う、カラフルで派手な建物。中国風だった。その中で長いひげを生やした中華風の神さまと、八幡さまが話していた。天狗さまもそばで見守っている。

「お初にお目にかかる。ホムダワケと申す」

「これはご丁寧に。関雲長と申す」

関雲長は両手を目の前で握ってみせる。

「この聖天宮《せいてんきゅう》では商売の神として祭られていると存ずるが……。今日は貴殿を義の人と見込んでお願いの儀がござる」

礼を返しながら、頭を下げる八幡さま。

「義の人と言われるのも久方ぶり。何なりと申されよ」

内容はよく聞こえなかったが、関雲長は大きくうなずいた。

「今時珍しい無垢《むく》な願い。遠き地なれど、この雲長がしかと承った。命に代えても送り届けよう！」

たくましい胸を叩いて引き受けてくれる。

「噂に違《たが》わぬ義の御仁《ごじん》。心より感謝致す」

深く頭を下げる八幡さま。

「堅苦しい話はここまで。天狗殿も交えてひげ談義とまいりましょう」

三人とも大きく笑った……ところで夢が終わった。


それから間もなく、八幡さまから準備ができたと言われた。せっかくなので、三人を連れてコハクチョウのもとへ行くことにした。

半信半疑ながら、コハクチョウのいる越辺川のほとりに着く。そこで見た景色は控えめに言っても奇跡だった。

「飛んでる……」

「ウソだろ……」

「ありえない……。右の羽しかないのに……」

右の羽を大きく羽ばたかせ、根本だけの左羽も動かして宙を舞っている。両羽が揃っているかのような完璧なバランスだった。ただ、僕にだけは見えた。片方の羽に寄り添うようにして、支えている天狗さまの姿を。

（あれは、八幡さまが？）

（朕が頼んだ。神が神に頼みことなど前代未聞だが、苦笑しながら引き受けてくれたよ）

穏やかに答える八幡さま。

（空を飛べるだけでなく、道案内が得意だからな。うってつけだ。だが、国外に出てしまうと天狗の力は及ばなくなる）

（えっ!?　大丈夫なんですか？）

（大丈夫だ。朝鮮までは住吉大神に頼んである）

住吉大神はサツキによると、海上交通の守り神として住吉大社で祭られている。一説では応神天皇の実の父とも言われているそうだ。

（母の代からお世話になっていてな。三人とも快く応じてくれた）

（その先は？）

（アメノヒボコに頼んである。朝鮮の新羅の王子で、朕とは名前を交換した仲だ）

天日槍（アメノヒボコ）という朝鮮の神で日本にも来たことがあるそうだ。

（朝鮮の先は義人としても有名な関聖帝君《かんせいていくん》に頼んである。彼とは聖天宮で知り合った）

関聖帝君は道教の神さまで、あの有名な三国志の関羽のことらしい。聖天宮は坂戸にある道教のお寺だ。道教つながりで関聖帝君の像も確かに祀られていた。

（関帝聖君がシベリアまで送ってくれるそうだ。義に厚いとは聞いていたが、そこまでやってくれるとは思わなんだ）

天狗さまを始めとして総勢六柱の神さまリレー。豪華なことこの上ない。従来のルートとは違い、朝鮮半島を経由して中国大陸を縦断してロシアに入るという遠回りのルートではあるものの、八幡さまは人脈……もとい神脈を使って僕の願いをかなえてくれた。

（ありがとうございました!!）

相変わらずコハクチョウの表情は読めないが、大空に羽ばたくその様子は、家族や仲間に会いに行けるのが嬉しくて仕方ないように見える。神さまが総出で助けてくれるとは思ってもみなかった。

（朕もよい教訓になった。苦手なことでも皆の協力を得られれば、可能だと。思えば、帝だった頃には考えたこともなかったな）

八幡さまは感慨深げに語ってくれた。ようやく八幡さまとも仲良くなれそうだ。

四人で小さくなっていくコハクチョウを見送った。あのコハクチョウの命が続く限り、神さまリレーを続けてくれるそうだ。

岩戸と想兼嬢は素直に感動しているようだが、サツキは複雑な表情をしていた。

「これは、神の仕業なの？……」

サツキが耳打ちしてくる。正直にダメもとで八幡さまに頼んでみたと答える。

「ズルい……！」

サツキがどう反応するかと思ったが、悪い意味で予想外だった。少しでも神さまのことを見直すかと思ったら、ズルいって……。彼女の願いが聞き届けられなかったのに、コハクチョウだけ……ってことなのかな？

（どう思います？）

ダメもとで八幡さまに聞いてみる。

（女心は苦手でな……。白山にでも聞いてみたらどうかな？）

白山さまに丸投げするつもりらしい。神さまでも分からないんだから、僕が女心を理解できるようになるには、まだまだかかりそうだ。

天狗さま（猿田彦）の章

「うーん……」

勉強机の前で、僕は途方に暮れている。原因は、社会……というか歴史の授業で出た宿題のせいだ。歴史を学ぶに当たって、人物をメインに勉強するほうが分かりやすいし、興味も持ちやすいだろうと先生が考えた。前段階として、誰でもいいので、日本の偉人を調べてくるようにという宿題だった。生徒が調べた偉人を一人一人取り上げて、その人が生きた時代を学習していこうという試みだ。歴史嫌いの生徒が多いとのことで、先生が頭を絞った結果らしいけど……。そもそも歴史に興味を持っていない人は偉人にも興味がないんじゃないかと思う。かく言う自分がそうなので、誰を調べていいか、絶賛悩み中というわけである。

全体重をかけて椅子に寄り掛かる。椅子が今にも折れそうなくらい負荷がかかって、背中からひっくり返りそうになっても、いい考えは出ない。ちなみに岩戸はああ見えても歴史好きなので、逆に誰を取り上げていいか迷っているようだ。戦国時代が好きなので、織田信長かと思ったが、一言で戦国大名と言ってもいろいろいるらしい。徳川家康、伊達政宗、上杉謙信、武田信玄、今川義元、北条氏康、毛利元就、長宗我部元親、島津義弘などなど……。信長や家康以外は全然知らないんだけど……。自分は戦国大名に興味がないので、参考にはならない。想兼嬢は、平塚らいてうという人を取り上げるそうだ。何でも婦人参政権運動をした偉い人らしいけど……。彼女らしい人選だ。できるだけ同じ人物を取り上げないようにクラスの皆で話し合うことになっているので、有名な人物は早いもの勝ちになってしまうのも、悩みの種だ。現在、平塚らいてうの他に決まっているのは、夏目漱石、樋口一葉、福沢諭吉の三人。お気づきの通り、全員お札になっている有名人だ。どれだけ偉人に興味がないかがうかがえる、お寒い内容である。信長が入っていないのは、皆が戦国好きの岩戸に遠慮しているせいである。大谷翔平や大坂なおみを調べたいと言った生徒もいたが、当然却下された。彼らはスーパースターではあるが、歴史的な偉人ではないという理由だ。

「うーん………」

再度、椅子に全体重をかけて酷使しても、まだ結論が出ない。

（サツキにも聞いてみたら、どうだ？）

沈黙を守っていた神さまから提案があった。今日の当番は天狗さまだ。本名は猿田彦。最近話題になっている猿田彦珈琲とは何の関係もないらしい。何でも創業者の人が知り合いのデザイナーにタダでロゴをデザインしてくれると言われたので、任せたら猿田彦になったとか。

（前聞いたら考え中って言ってましたが……。もう決まったかもしれませんね）

助言に従って電話をしてみる。サツキは携帯を持っていないので、家の電話だ。少し緊張しながらかけてみる。

「はい、山崎です」

声ですぐに、サツキと分かった。

「あ、サツキ？　透だけど、調べる偉人はもう決まった？」

「うん、その話だったら、もう決まったよ」

明るい声で答えるサツキ。

「ホント⁉　誰にしたの？」

「なかなか思いつかなかったから、今まで決まった人を調べてみたの。で、樋口一葉を調べてみたら、中島歌子って人に歌を教わったってことが分かって……その人を調べてみたら、実は坂戸出身だったってことが分かったの！　すごいでしょ！」

なるほど、偉人の関係者か。偉人の周りには偉人が多いってことか。盲点だったな。

「じゃあ、その中島何とかって人を調べるんだね？」

「中島歌子!!　透は決まったの？」

「まだだけど、おかげさまで、いいヒントをもらったよ、ありがと！」

「どういたしまして。頑張ってね！」

電話を終えると、天狗さまが語りかけてくる。

（偉人の関係者を当たるつもりか？）

（ええ。そのほうが手っ取り早いし）

（それはいかがなものか。坂戸出身の偉人はどうだ？　中島歌子も悪くはないが、とびきりのがいる

ぞ）

（坂戸出身の偉人？　そんな人が他にもいるんですか？）

（日本の製紙王とも言われている大川平三郎だ。渋沢栄一の甥でもある）

日本限定とは言え、製紙王とはスケールがでっかいな。渋沢栄一は新しい札に決まった人物だ。明治の大実業家だったっけ。

（地元では有名人だから、お前の父も知っているだろう。聞いてみるがいい）

（はい、ありがとうございます）

天狗さまは、性質も穏やかで自然体。今のところ宿主状態での特殊能力はないが、体を共有していても違和感がないのが特徴。口うるさいことも言わないので、気楽に接することができる。外見は文字通り天狗なので、少し怖いが、中身は至極常識人だった。神さまは一部を除いて大らかで細かいことは気にしないが、天狗さまもそうだった。

今日は祝日で、たまたま家にいる父に聞いてみた。

「大川平三郎？　ああ、知ってる知ってる。偉い実業家でな、たくさんの会社の役員を務めていて、大川財閥なんて言われていたほどだ。特に偉いのは、晩年に坂戸に戻ってきて、奨学金制度を作ったり、堤防を作ったりして郷土に大きな貢献をしたところだな」

そう言って、父は本棚から何冊かの本を出してくる。

「自分でも読んでみろ。そのほうがよくわかるだろう」

渡された二冊の本を読むことになった。ネットで調べたほうが簡単なのに……………。仕方ない、読むか。

決して薄くない二冊の本を半日かけて読んだ。

（どうだった？）

気になるのか、早速感想を求める天狗さま。樺太に製紙工場を作ったなんて話もあった。世間では北方四島で未だに騒いでいるが、樺太（サハリン）まで日本の領土だったなんて、知らなかった。打ち捨てられていた記念碑を坂戸に持ってきたらしい。

（そうですね……印象に残ったのは勉強家で、親孝行で、仕事人間で……。確かにすごい人だと思います。でも……）

（でも？）

（堤防の時は全額、出してくれたのに、地元の三芳野《みよしの》小学校の改築の時は半額しか出さなかった。質素倹約のためって書いてあるけど……そこが少し納得できないかな。どうせなら、全部出してあげれば、皆喜んだんじゃないかと）

父も言っていたように、地元のためには、お金を惜しまないようなイメージができていたから、少し意外だった。

（そうか。では、本人に聞いてみたらどうだ？）

（それはいい考えですね！……って、ええっ⁉）

さらっととんでもないことを言い出す天狗さま。

（平三郎は子供の頃から知り合いでな。今でも時々会う）

（……とっくに亡くなっているはずですけど……）

亡くなったのが一九三六年なので、八十年以上前になる。

（我が神だということを忘れてはおらんか？　時々過去に戻って会いに行っているということだ）

確かに、体を共有しているのに、自然すぎてすっかり忘れてた。

（時間旅行はどの神でもできる。坂戸限定だがな。言っていなかったが、我の能力は別にある）

（時間旅行が天狗さまの能力ってことですか？）

そうつぶやくが早いか、体がゆっくり宙に浮いていく。

（我の能力は空を飛べることだ。目立つのであまり使えぬがな）

そういえば、立派な翼があったっけ。さすが神さま。

時間旅行について詳しく聞いてみると、ざっくり言えば、自分の神社がある地域なら自由にさかのぼれるという。神社がありさえすれば、未来にも過去にも行けるらしい。弥生時代くらいだと、神社の「じ」もないので戻れないらしい。大川平三郎が坂戸に戻ったのは大正末から昭和初期頃だというから九十年ほど前。そのくらいなら余裕だそうだ。

（それじゃ、行ってみるか？）

（お願いします！）

坂戸限定とは言え、人類の永遠の夢ともいえる時間旅行ができるなんて……今ほど神媒体質という自分の体質に感謝したことはない。

（……むん！）

天狗さまの気合と共に周囲の景色が一変する。自宅の庭にいたのに、周囲は緑一色。森の中にいた。

（えっと……？）

（この辺りは新しい団地でな。この頃はまったく手つかずだったから、この通りだ。せっかくだから上から見てみるか）

体が浮き、見る見るうちに空中に舞い上がる。自分のいた所は山の中のようだった。上空からの景色は城山荘から観たものより遥かに高く、生身で感じる空の風は心地よいものだった。これも神さまの力かな。

（この辺りが開発されたのはお前の父が生まれた頃だから、四十年以上前だな。その頃木を取り払って道を整備し、団地を作った。この頃は山だったというわけだ）

田舎どころか人もろくに住んでいなかったなんて……。そういえば、父が子供の頃は家の裏が森になっていて、「河童注意！」なんて絵の描いてある看板があったり、蛇が家の中に入ってきて、蛇嫌いのおばあちゃんが悲鳴を上げたりしてたって言ってたっけ。

（人のいる所に行きたいか？　それでは坂戸駅のほうに向かってみるか）

体の操作を天狗さまに任せて、空の旅を楽しむ。下の景色は森ばかりだったが、次第に畑や田んぼも見えてくる。

（人目に付くから、そろそろ下に降りるぞ）

空の旅が終わる。名残惜しいけど、少しホッとする。やはり空の上は落ち着かない。

「ここが坂戸駅⁉」

坂戸駅といえば鉄筋コンクリート造りの立派な二階建てでエスカレーターもエレベーターも完備。田舎ながらもそれなりに立派な建物だったが、比べ物にならないくらい粗末な建物だった。屋根は瓦ぶき屋根どころか藁ぶき屋根。走っている電車は蒸気機関車、いわゆるＳＬ。しかも駅名は「坂戸」じゃなくて「坂戸町」になっていた。

（今は昭和三年だから、越生線が開通して、電化したのは、あと六年後といったところかな。この頃は二時間に一回くらいしか汽車は来なかったし、池袋に到着するにも二時間はかかった。ちなみに坂戸が市になったのは、だいたい五十年後。お前の父が二つになった頃だ）

（へええ……）

昭和三年というと、一九二八年になる。今の坂戸駅の風景とは違いすぎて、説明を聞いてもとても同じ場所とは思えなかった。

（駅前なのに、あんな所に畑が……）

（あれは茶畑だな。草競馬が行われていたこともあった）

（お店もほとんどない上に、看板の字が読みにくい……）

（この頃の看板はすべて右から左に読む。当時はそれが当たり前だった）

（駅前なのに、あんな大きな空き地が……）

（ああ。あの場所を利用して田舎回りの芝居小屋がたまに来てたな。忠臣蔵もやっていた気がする）

万事こんな調子だった。車の姿はほとんどなく、自転車がチラホラ通るくらい。

歩いて大川平三郎邸に向かった。本来なら歩いていくのは辛い距離だが、天狗さま任せで風景ばかり見ていたので、いつの間にか着いていたという印象だった。

（ここだ。少し待て）

旧家らしい古い造りの屋敷だったが、坂戸駅よりずっと立派だった。

（……今知らせた。こちらから入れ）

さすがに子供の身で表から堂々と入るわけにはいかず、裏口に回った。なぜか開けっ放しだったので、簡単に入れた。

広々とした庭に入り、長い渡り廊下が見える。その廊下から、一人の老人が姿を現した。

「お久しぶりですな、天狗さま」

白髪を短く刈り込んだ髪型で、着物を着た上品そうなご老人。顔は父から借りた本に載っていた写真のままだった。背筋もピッと伸びていて、まだまだお達者のようだ。

「うむ。元気そうで何より」

僕の体で答える天狗さま。

（どうだ、感想は？）

（本当に顔見知りなんですね！）

くるくる変わる僕の表情を見て、大川氏は楽しそうに笑う。

「今度はずいぶん若い者の中においでですな。いくつだね？」

僕の事情もすべてご存じのようだ。

「ええと、十五歳です。はじめまして、神代透と申します」

さっきまで本を読んでいたその中の人に会うというのは変な気分だった。少し緊張しながら、自己紹介をする。

「透と言うのか。……思ったより幼いな。まだ子供だったか」

今の子供は発育がいいというから、だいぶ年上に見えたらしかった。

「俺と天狗さまは前橋にいた頃からの付き合いでな。前橋で住んでいた家の近くに神社があり、そこに奉納されていた額に天狗さまが描かれていた。幼い頃はよくそこで遊んでいてな。そのうち天狗さまの絵を描くようになってから、存在を感じるようになった」

懐かしそうに語ってくれる大川氏。

「それ以来、時々天狗さまの気配や声を感じるようになった。坂戸に戻ってからはちょくちょく会いに来てくださるようになったというわけだ」

天狗さまも僕の中で深くうなずいた。まるで親友同士のようだ。神さまと付き合えるなんて、偉人と言われる人はすごいんだなとしみじみと思う。

「誰でも会わせているわけではない。見込んだ者だけだ」

僕の口から、天狗さまが語る。

「ええ、そうでしょうとも。確かに、見どころがある」

うんうんとうなずく大川氏。

「本当ですか！　例えば？」

偉人にそう言われるとは思わなかったので、少し舞い上がって、つい聞いてしまった。

「そうだな……。少しとぼけた印象だが、素直で真面目そうだ。あとは天狗さまや目上の者にきちんと敬意を払っている」

とぼけたっていうのは気になるけど、一応褒められている。顔が赤くなるのを感じた。

「それで、透をお披露目に来られたのですかな？」

天狗さまがかくかくしかじかと事情を話してくれた。

「……なるほど、学校の宿題で偉人を調べろと言われたと……それで俺のところに来たのか」

「お邪魔して申し訳ありません。まさか、お会いできるとは思いませんでしたけど」

正直に話すと、大川氏は苦笑した。

「それはそうだ。お互い、神さまを友人に持つと苦労するな、ハハハ」

「あははは」

お互い笑い合う。偉人の割にすごく気さくな人だった。

「で、聞きたいことは、俺が何で三芳野小学校を改築する費用を半分しか出さなかったのか？　ということだな？」

「はい。失礼ながら……そうです。しかも堤防の費用はすべて出されていますよね？　どういう違いがあるのかと思って」

我ながら失礼な質問だと思う。天狗さまの仲介がなければ、とても聞けなかっただろう。

「……うむ。お前さんくらいの年だと難しいかもしれんな。費用を出すという意味では、堤防も小学校の改築も同じことだ。違いはない」

「出せなかったわけではないということですね？」

「そうだ。……分かりやすく言えば、俺も年を取った。いつまでもいるわけではない。俺が死んでから、またこの土地で金が必要になったらどうなる？　今度は別の金持ちに出してくれるように頼むか？」

　考えてみる。大川氏ほどのお金持ちはそうそういないだろう。いたとしても、気前よく出してくれるだろうか。

「難しいでしょうね」

「そうだ。だから、半分だけ出した。残りは自分たちで何とかできるようにしろと。そうすれば、また大金が必要になった時、俺がいなくても、自分たちで何とかできるようになると。充分な貯えが無ければ、質素倹約をしてでもと。そう思ったから、半分だけ出した……というわけだ」

「そういうことですか……。納得しました」

　助けられるだけではなく、自立心を持ってほしかったんだ。

「ありがとうございました」

　僕は深々と頭を下げる。

「……うむ。透よ、夢はあるか？」

　少々唐突な質問だった。真面目に考えてみる。

「……今のところ、ありません」

思いつかなかったので、正直に言う。この人に、ウソはつきたくなかった。

「……そうか。天狗さまから、お前の時代は俺たちの時代よりはるかに豊かになっていると聞いている。そういう時代に生まれたなら、夢が見つからない……ということもあるかもしれんな」

腕を組んでうなずく大川氏。

「だが、案ずるな。お前には心強い友人がおるだろう。天狗さまを始めとした神々が。生き方に迷ったら、助言を乞うがいい」

大川氏はそう言って笑うと、右手を出してくる。僕は少し遠慮がちにその手を取り、握手した。

「はい！」

会えてよかったと思う。天狗さまには感謝しても、し足りなかった。


宿題は無事終わった。大川氏のインタビューは創作として、そのまま載せた。それが画期的な表現だと、先生のお気に召したようで、クラスでも評判になった。ちなみに岩戸が選んだのは津軽為信。東北を励ますために大河ドラマの題材に考えられていたが、マニアックすぎるせいで？　流れてしまったという噂があった戦国大名だとか。こちらはごく一部の歴史マニアの熱狂的な支持を得るのに留まった。正直、ググってもよく分からなかった。授業でも扱いに困ったくらいだし。

天王さま（スサノオ）の章

気づくと神さまの気配に囲まれていた。一人や二人じゃなく、勢ぞろいしているみたいだった。初めて神さまたちと会った時のようにもめている。僕は何かあったのかと、慌てて割り込んだ。

「いったいどうしたんです⁉」

以前と同じように夢の中で、いつもは一柱ずつしか会えない神さまが、はっきりと目に見える姿で円になって話し合っていた。

「よう、透」

のんきに返事をしたのは天王（スサノオ）さまだった。話し合いというより、テレビの討論会のように皆がエキサイトしていた。よほど深刻な事態なんだろう……！

「だから、『きっかわ』が一番だと言っているでしょう！」

お稲荷さまが叫ぶ。

「いいや、『マンボ』に決まってる」

僕と話していた天王さまがすかさず口を挟む。

「漢《おとこ》なら『はとこ』一択だ‼」

これはお諏訪（タケミナカタ）さま。

「では、わたくしは『ぽっぽ』で」

白山（ククリヒメ）さまが上品に、有無を言わさない口調で言う。

「いいえ、『来入福』をお忘れですな」

説得力のある口調は天神（菅原道真）さま。

「誰が何と言おうと『コーキ』じゃ‼」

八幡（応神天皇）さまが絶叫する。

「否《いな》。『円長』が唯一無二の店」

山王（オオヤマクイ）さまが言う。難しい言葉だったので、ググってみるとこの世でただ一つしかないって……おおげさな。

「皆、分かっておらん。『いさお二世』こそ坂戸一にふさわしい！」

一歩も引かない口調で天狗（猿田彦）さまが割り込む。

何かおかしいな……。なじみのある店名ばかり……まさか……。

「……もしかして、ラーメンのことでもめているんですか？」

僕は恐る恐る尋ねる。

「おお、さすが透。察しがよいな。坂戸一のラーメン屋がどこかと言っていたら、皆一歩も引かずに決着がつかん……。人の子の意見を聞いてみようと思ってな」

苦笑しながら天王さまが言った。皆のまとめ役なので、どうにか収めようとしたんだろう。結果的に、僕にお鉢が回ってきた。

坂戸は町の規模の割にいろいろなラーメン屋さんがあり、ラーメンで町おこしをしようという話があったくらいだ。神さまそれぞれにひいきの店があり、もめてしまうのも、そのせいだった。

「分かりました。それじゃあ、僕が改めてすべての店を回ってみます。それから結論を出すということでどうですか?」

不満そうな声もあったが、天王さまがこう言って収めた。

「元々ラーメンは人の子が作ったもの。ならば、人の子の判断に任せるのがスジだろう」

リーダーである天王さまの発言なので、皆しぶしぶながらうなずいた。なお、ラーメンに興味のない方は飛ばしても結構です。天王さま（スサノオ）が坂戸の神々のリーダーで、坂戸に彼とゆかりのある店があるということを知ってもらえれば。

目覚めてから、神さまごひいきの店を一軒ずつ回ることにした。公平を期すために神さまがひいきにしている店を一緒に回ることにした。その良さをその場で伝えてもらうことで、判断材料にしたいから。神さまのプレゼン能力も関係してくるので、皆張り切っていた。そうだ、女の子の意見もほしいな。サツキを誘ってみようか。行く前に電話をかけてみる。

「はい、山崎です」

すぐにサツキが出てくれる。要件を伝える。神さまの話は言えないので、食いログを始めたいからと、ちょっと苦しいウソをついてしまった。

「……うーん、興味はあるんだけど……。ごめんね、今はそういう気分になれなくて」

サツキは少し暗い声で答えた。そういえばおばあちゃんが亡くなったばっかりだった。

「そうだよね。ごめん、無神経な誘いをしちゃって」

「ううん、いいの。それじゃあね」

振られてしまったので、一人で行くことにした。この埋め合わせはいつかしないと……。


今日は「円長」。贔屓の神さまは山王（オオヤマクイ）さま。坂戸駅南口から歩いて五分とかからない立地。駅前のせいか、駐車場はない。コインパーキングは近くにあるけど。このお店は坂戸でも珍しい行列店。「円長のれん会」と言われるグループの一員。あの「つけ麺」の創始者として有名な「大翔軒」の創始者もこのグループの出身らしい。そのため、ここもラーメンより「つけ麺」……この店では「つけそば」と言う。「大翔軒」の影響がある店ではそう言うとか。大半のお客さんはこの「つけそば」目当てで並ぶ。朝八時～十四時までと朝からやっている代わりに夜の営業はしていない。また、水曜と日曜が休みという週休二日制だ。九年くらい前に息子さん二人が後を継いだが、未だ行列を維持しているので、代替わりは上手くいっているようだ。

店内はカウンター席のみ。お冷が運ばれてきたので、そのまま注文を伝える。今回は「らーめん」六百円。「つけそば」にしたいところだったが、「つけそば」はラーメンじゃないって意見もあり、さらにもめそうなのでラーメンに統一することになった。メニューにラーメンがない場合は、一番安い麺を頼むことにした。

スープは醤油。麺は太麺。その上に適度に脂の乗ったロース肉のチャーシューと太めのメンマ。

（よいか、このむっちりとした太麺が特長だ。魚介系の風味のあるシンプルな醤油スープに太麺の相性がバツグン。ボリュームのある麺を楽しめる、これこそ真のラーメン‼）

山王さまが端的にその魅力を伝えてくれる。スープの味といい、麺といい、うどんに近いかもしれない。しかし、麺の存在感はうどんより上で、歯ごたえもあり、腹持ちもいい。チャーシューやメンマという具もあるし、やはりラーメンだ。

（創業は昭和四十六年。その頃、このような麺は珍しかったので、瞬く間に評判になった。その味を代替わりしても守り続けているこの店こそ、坂戸一の店だ‼）

山王さまのプレゼンが直接脳に流れ込んでくる。確かに「食いログ」では三・五八と坂戸一の評価を誇っている。大きくうなずきながら、綺麗に平らげてお店を出た。


次は「マンボ」。ひいきの神さまは天王（スサノオ）さま。坂戸駅北口にある坂戸銀座、サンロードの通りに入ってＵＦＪ銀行の左側の路地に入るとある。駅から五分程度の距離。ここも駅前と言っていいが、駐車場は店の裏手に二台分ある。コインパーキングも近くにある。営業時間は十一時半〜二十一時半となっているが、実際はスープ切れで終了なので、二十時頃に閉まってしまうこともあるようだ。休憩なしの通し営業をしているせいか、人気店だが行列にはあまりならない。定休日は火曜日・第三水曜日。店に近づくと、豚骨スープの匂いが漂う。

混雑時を外してカウンターに座り、ラーメン六百円を頼んだ。

背脂がたっぷり浮いた豚骨スープに柔らかいバラ肉のチャーシュー、もやし、メンマにのりとほうれん草。チャーシューはかなり大きいけど、脂身も多いので好みは分かれそうだ。もやしも、ほうれん草も少なめだけど、栄養を考えるとバランスが良さそうだ。

（ここは正統派の豚骨ラーメンがウリだ。少し前に流行した家系とは違うし、博多の豚骨ラーメンとも違う。見かけは脂ギトギトでいかにもしつこそうだが、スープを一口飲むと意外にスッキリしていて驚かされる）

一口飲んでみると、天王さまの言う通り、スッキリした味わいだった。麺は中細麺で柔らかめに茹《ゆ》でてあった。周りのお客さんは麺固めと頼む人が多かったが、少し固いほうが合うかも。スープと麺の相性もよく、具も多いし、並盛でも普通のラーメンより麺量が多いようで、結構お腹一杯になった。

（この値段とボリューム、おまけに味もうまいとくれば、ここが坂戸一で決まりだろう！）

「食いログ」の評価は三・三七。東の横綱が「円長」なら「マンボ」は西の横綱かな。天王さまの熱弁にうなずきながら、スープまで完飲して店を出た。

次は『はとこ』。場所は坂戸駅南口の銀行の前の道を右に入り、二つ目の道を左に入る。突き当たりを右に曲がれば、すぐに見えてくる。駅から五分とかからないので、駐車場はないが、広い有料駐車場が近くにあるので、止められると思う。まだ開店から一年たっていない新店だ。営業時間は十一時半～十四時半。休憩を挟んで十八時～二十五時まで。定休日は火曜日。

（ラーメンなら家系に限る！）

お諏訪（タケミナカタ）さまが脳の中で叫ぶ。家系とは近年ブームになった豚骨醤油をベースにしたラーメンのこと。具には海苔やほうれん草が乗り、濃いめのスープでご飯によく合うのが特徴。家系の由来は、創始したラーメン屋の屋号に「家」が付いており、のれん分けした店も「家」の字を付けるようになったためとか。創始者の店については諸事情で揉めているので定かではないが、家系図も存在するらしい。家系の直系である店と、ブームに便乗した企業のチェーン店などが混在し、今では当たり外れの多いジャンルのラーメンになってしまったようだ。

カウンターだけの店で、席は調理場に面したほうに四席と、通路を挟んで逆側に五席ほどあるだけの狭い空間だった。新店だけに、内装は綺麗で、ピカピカと言ってもいいくらい。

水はセルフサービス。メニューを見ると結構豊富。一番安いラーメン並七百二十円を頼む。スープは醬油か塩、麺は細麺と中太麺が選べる。自分の好みで、スープは醬油にして、麺は中太麺にしてみた。出てきたラーメンは黄色がかった濃いスープにたっぷりのネギとほうれん草。丼の脇には海苔が立て掛けてある。丼の半分くらいを占めるスペースにどでかいチャーシューがデンと乗っており、見るからに家系だった。スープを一口飲んでみるとやや濃い。ランチタイムはご飯が無料で付くため、ご飯に合わせるならちょうどいいかも。

（この値段でこのボリューム！　麺を食べ終わっても残ったスープにご飯を入れて食べれば二度美味しい！　坂戸一は文句なしにここだ‼）

お諏訪さまの熱い雄叫びが脳にこだまする。ボリュームはあるが、見た目ほどしつこくないので完食できた。家系でもここは当たりと言っていいだろう。食いログの評価は三・〇三。やや低すぎる気もする。全体的に男性向きかも。

次は「ぽっぽ」。ひいきの神さまは白山（ククリヒメ）さま。北坂戸駅から歩いていける距離にある。駐車場は四台分あるが、人気店なのですぐ埋まる。開店してから三年くらいしかたっていない新しい店だが、ラーメン好きの人には早くから評判になっていた。営業時間は十一時半～十四時半。定休日は火曜日。夜はやっていない。

（ここは鶏白湯のラーメンやベジポタなど流行りを押さえたオシャレなラーメンがオススメです！）

白山さまの甲高い声が脳に響く。確かに店の中もオシャレで綺麗な造りになっている。「濃厚鶏そば」七百円の食券を買う。テーブル席もあるが、一人なのでカウンター席に座り、食券を渡した。

鶏出汁のスープは黄金色。豚と鶏の二種類のチャーシュー、青菜、ネギ、糸唐辛子、穂先メンマが乗っていて、外見も華やかで女性好みかもしれない。スープを一口飲むとキレもよく、塩分は控えめで濃厚というほど、濃厚じゃない。粘度もあり、コクもある。豚のチャーシューはローストビーフのような食感だけど、柔らかくて美味しい。鶏のほうは脂身や皮のない部分でこれもすごく柔らかかった。このタイプのチャーシューはレアチャーシューと呼ばれ、低温で調理したほうが肉の旨味を引き出せると言われて流行りだしたチャーシューだ。麺は中細ストレート。麺との相性もいい感じだが、人の好みにもよると思う。

（外見の美しさと美味しさを両立させたこちらこそ、坂戸一にふさわしいです‼）

僕は白山さまの言葉に納得しつつ、完食して店を出る。「食いログ」の評価は三・四一。開店から三年程度の店としては破格の数字。


次は「来入福」。ひいきの神さまは天神（菅原道真）さま。坂戸駅北口のサンロードを真っ直ぐ行けば、すぐに見つかる。右側の建物の二階。駐車場はコインパーキングがすぐそばにあり、駐車券を見せれば、補助してくれる。ただし勘定が千円以上の場合のみ。「マンボ」もサンロードを挟んで目と鼻の先にある。駅から十分とかからないので、立地はいい。営業時間は十一時半～十四時。休憩をはさんで十七時半～二十二時がラストオーダー。定休日は月曜日。

（ここの魅力は地元に根付いた老舗というところだ。先代から数えて、七十年を迎える歴史の長さは、他の店ではとても及ばない）

実は僕の祖父の代から家族で来たことのある店で、今回の店の中では一番なじみがある。坂戸がまだ町だった頃からあり、坂戸の歴史を見つめてきたお店。坂戸神社にも近い。

店内は古めかしく、歴史を感じさせるけど、小綺麗で清潔感がある。二階のみが店舗になっているが、席数は多く、テーブル席もカウンター席もある。カウンター席に座り、らーめん七百円を頼んだ。メニューは非常に多く、麺類以外に麻婆豆腐や酢豚など中華料理がズラッと並ぶ。ラーメン屋というよりは中華屋さんと言ったほうがピッタリくるかも。

出てきたラーメンはオーソドックスな醤油ラーメン。具は小ぶりのメンマが少しとネギ、チャーシューとナルト。ナルトが乗っているラーメンは久しぶりに見た気がする。スープは鶏ガラで麺は中細麺。麺とスープの相性もよく、飽きのこない昭和のラーメンという感じ。平成生まれの僕でも懐かしさを感じてしまう、安心して食べられる味だ。

（日本人好みの味を変わらず提供し続けるこの店こそ、坂戸一と言ってよいだろう!!）

いつになく強い口調で語る天神さま。返事代わりに、丼をカラにして店を出た。「食いログ」の評価は三・一二。このお店の価値はこの数字では測れないと思う。

次は「コーキ」。ひいきの神さまは八幡（応神天皇）さま。場所は坂戸駅からまともに歩くと少し遠いが、坂戸神社の裏を通り、畑を突っ切って踏切を渡り、中富町の花畑の横を抜けていくと結構近い。そのルートだと歩いて十分強。駐車場あり。五〜六台分くらいかな。昔「石亭」という名前の洋食屋があった所に、移転した。営業時間は昼十一時半〜十五時だが、ラストオーダーは十四時半。休憩をはさんで十六時〜二十三時までだが、ラストオーダーは二十二時半まで。スープ切れ終了なので、この時間より早く閉まることも多い。定休日は月曜と木曜日。行列ができることもある人気店。ただ、ご店主が腰に持病を抱えているせいで、臨時休業も多い。ＳＮＳでチェックが不可欠。

（この店の魅力は、大翔軒の系列でありながら、その看板に頼らない潔さ。煮干しの風味の強い濃い豚骨魚介系のスープが絶品だ!!）

ご店主は「円長」の所でも出てきたつけ麺で有名な「大翔軒」で修業した。弟子のほとんどは独立すると店の名前に「大翔軒」と付けるのに、あえて付けずに勝負している。ちなみに「コーキ」の由来は、昔、交通機動隊にいたところから。ここも「つけそば」のほうが有名だが、「魚介醤油ラーメン」七百三十円の食券を買った。

運ばれてきたラーメンには小さめのチャーシューが三枚、のり、ネギ、メンマに薄切りのナルトが乗っかってた。スープは黒ずんでいて、かなり濃い煮干しの風味が感じられた。チャーシューはトロトロで香ばしかった。麺は細麺のストレート麺。全体的に濃い味付けで、好きな人はとことん気に入るタイプのラーメン。個人的にはもう少し太い麺のほうが合うかな。ちなみに、のりには坂戸で推奨している葉酸が含まれているらしい。

（天下の「大翔軒」の名に恥じないこの店を、坂戸一と言わずしてどうする⁉）

血管が切れそうな八幡さまの物言いに、なだめながらもうなずいて、店をあとにした。「食いログ」の評価は三・一七。低い気もするが、アクの強いラーメンなのでこんなものかも。

次は「きっかわ」。ひいきの神さまはお稲荷さま。川越と上尾にも支店があり、坂戸の店は三店目に当たる。かつては「我竜」というカップラーメンにもなった有名店が入っていたが、新橋に移転したため、その跡地に入った。営業時間は十一時〜十五時でラストオーダーは十四時半。休憩を挟んで十七時〜二十一時までで、ラストオーダーは二十時半。土曜日祝祭日は休憩なし。定休日は日曜日。

（この店の特長は無化調で、海産物を巧みに使ったラーメンがウリです。自然の素材は体にも優しく、女性にもお勧めな夢のようなラーメン屋さんです‼）

無化調というのは化学調味料を一切使っていないという意味だから、健康志向の人には向いていると思う。店内は広く、テーブル席がいっぱいある。そのうちの一部をカウンター席として使っているようだ。注文したのは七百八十円の「中華そば」。他に安いラーメンもあったけど、中華そばならラーメンと言って差し支えないと思うので、こちらにした。

運ばれてきたラーメンは鶏と豚のレアチャーシューに極太のメンマに三つ葉とネギ。スープは「ぽっぽ」とよく似た黄金色。こちらは鶏と乾物の優しいスープに、沖縄産の塩を合わせた塩ラーメンとのこと。麺は豚骨ラーメン並みに細い。一般的に薄味のラーメンには細い麺、濃いスープには太い麺が合うらしい。やや薄味なので、この麺が合うのかな。薄い気もしたけど、上品な味と言えるかも。チャーシューは鶏も豚も二枚ずつ入っており、柔らかく麺をくるんで食べるには最適。この店のメニューは独特で、「カキそば」や「真鯛そば」なんてものもある。

（他にない海産物を活かしたラーメンを楽しめるこの店こそ、坂戸一と呼ぶにふさわしい!!）

海産物が好きな人にはたまらないお店と言えるだろう。お稲荷さまの意見に首を縦に振りつつ、スープの一滴も残さずに店を出た。「食いログ」の評価は三・五三。円長に匹敵する高さだ。

最後は「いさお二世」。ひいきの神さまは天狗（猿田彦）さまだ。

北坂戸から歩いていけないこともないが、駐車場は七台分あって止めやすいので、車でも便利。営業時間は十一時～十五時がラストオーダー。休憩をはさんで十七時半～二十二時がラストオーダー。年中無休。

（豚骨魚介系の濃いスープと中太麺の組み合わせがうまい。太麺のつけ麺もオススメだ）

豚骨魚介系のスープが特徴だけど、最近は「またおま系」と言われている。一昔前にこのスープが大流行したせいで、「この味はどこかで……、またお前か!!」という意味。「つけ麺」や「あぶらそば」などもあるが、濃厚魚介ラーメン八百円の食券を買う。値段的には一番高い。店内はカウンター席のみだが、席数は多くて十人くらいは座れそう。

出てきたラーメンはドロドロとしたスープで見るからに濃そうな色合い。具は角型に刻んだチャーシューにネギ、メンマ。麺も普通のラーメンよりは太目で量も百八十グラムと多め。普通は百五十グラムくらい。太麺と濃いスープは相性がよく、スルスルと入る。

（限定メニューも意欲的に開発する熱心さといい、洗練され安定した味といい、坂戸一の称号はこの店にこそふさわしい!!）

この時はトマトカレーつけ麺という限定メニューをやっていた。千円もしたので手が出なかったが。ちょくちょく限定メニューを出しているようなので、その点は素直にすごいと思う。天狗さまの自信満々な表現に舌鼓を打ちながら、濃いスープを飲み干して店をあとにした。「食いログ」の評価は三・〇九。個人的にはもう少し高くてもいいが、値段は高いかな……。

ここまで神さまのごひいきの店に行ってみたけど……。どの店も特長があり、その店ならではの良さがあったが、正直一番がどこかと聞かれると、どれもピッタリ来なかった。自分だけでは判断しきれないので、父親に聞いてみることにした。父はラーメン激戦区の池袋で働いていたこともあり、ラーメンにはうるさい。今まで披露してきたラーメンの知識もほとんど父から教わったものだったりする。

仕事から帰ってきた父親に神さまのことは伏せて、今回のラーメン屋のリストを見せてみた。

「この中でどの店が坂戸で一番だと思う？」

僕がこう聞くと、父は黙ってリストを見つめていたが、リストを返してくる。

「……あくまで俺の意見だが……。この中にはないな。大事な店が抜けている」

意外な返事だった。このリストにある店は坂戸では有名な店ばかりなのに……。もれている店があったのか。

「お前はまだ連れていったことがなかったっけ。明日の昼空けとけ。連れてってやる。そうだな、たまのことだから御馳走してやるよ」

父は上機嫌でそう言ってくれた。ちょうど明日は休みだ。神さまは……天王さまだな。

次の日の昼、父の車でその店に向かった。場所は若葉のほうだった。若葉駅からなら歩いて十五分くらいの場所で、女子栄養大学がすぐ近くにある。駐車場は二台しかないが、運よく空いていた。混雑時を避けて十四時くらいにいったせいもあると思うけど。営業時間は十一時～二十一時。平日のみ十五時半～十七時半まで休憩。定休日は木曜日だが、実際は隔週で木曜日も昼間だけやっている。休日に関しては店の中と外に貼り紙で告知されている。

店名は「大黒そば」。ひいきは神さま……じゃなくて僕の父親。店の中は小綺麗でカウンター席が十人分くらい。四人掛けのテーブル席と六人掛けのテーブル席が一つずつあった。

四人掛けのテーブル席に着いて、父がメニューを渡してくれた。

「ほら、何でも好きな物を頼め」

そう言われても頼める物はルールでラーメンのみって決まってるんだけど。ただのラーメンはなかったので、一番安い「えびすラーメン」五百九十円を頼んだ。

「それだけでいいのか？」

父は目を丸くして尋ねる。普段おごってもらえる時は遠慮せずに頼んでいるので、不審がっているようだ。正直、他にも美味しそうなメニューはあるが、ルールだから仕方ない。

「それじゃ、足りないだろう。育ちざかりなんだから。よし、チャーシュー丼セットにしてやろう。値段も八百八十円と手頃だ」

気を利かせてセットにしてくれた。チャーシュー丼とサラダが付くセットらしい。まあ、オプションが付くだけだし、ラーメンだけを評価対象にすれば、いいだろう。

父親はＤＸ味噌チャーシュー九百円とバタートッピング七十円、それに餃子六個四百三十円を頼んだ。餃子は半分分けてくれるらしい。我が父親ながら、よく食べるな。

空いていたせいもあり、父と軽く会話をしているうちに運ばれてきた。

「冷めないうちにな。分かってると思うが、先に麺から食べろよ。伸びるからな」

そう言って父は食べ始める。えーとこのラーメンは、色からするとシンプルな醤油ラーメンに見える。具はネギとメンマとチャーシューが二枚。中くらいの大きさで厚さもまずまず。脂身は少し多いかな。この値段で二枚も付くのは珍しい。麺は平打ちの中細、縮れ麺かな。父に聞いたら手もみ麺というらしい。文字通り手で丁寧にもんでいるとか。麺は優しい味わいでスープがよく乗る印象。スープはただの醬油かと思ったらコクと深みがあり、しつこすぎず、あっさりすぎない。父の話では鶏と豚のダブルスープらしい。

「うまいだろう？　俺は味噌のほうが好きでな。ラーメン通には醬油のほうが評価が高いが」

天王さまにも聞いてみる。

（どうですか、ここのラーメンは……？）

（……うむ。うまい。ワシの好みとは違うがな。しかし、大黒の奴とここで会うことになるとは）

複雑な表情で答える天王さま。

（知り合いですか？）

（大黒は「大国主命〈オオクニヌシノミコト〉」と同一とされておる。厳密には違うが。大国主はわしの娘婿だよ）

（へえー。じゃあ、家族みたいなもんですね）

（そうだな。情けない奴でな。自分の兄弟に何度も殺されては、神の温情で生き返らせてもらっておった。だが、不思議に憎めない奴じゃったな）

懐かしそうに語る天王さま。

（わしの娘と駆け落ち同然に逃げてしまってな。素直に言えば娘をくれてやったのに）

苦々しげに天王さまは言った。

（……それで、今は？）

（一度はわしの娘婿として葦原中国を治めたが、姉貴に国を追われて、それっきりよ。だが、店名に

名があるだけあって、ここにはどことなく奴の面影があるのお）

そうか、神さまでもいろいろ複雑な事情があるんだな。深く突っ込まず、黙って聞いた。

「坂戸一の店ね……。さっき見せてもらったリストに入っていない店でも、いい店はたくさんある。例えば『寿楽』。ここのラーメン（誤植にあらず）は昭和の味という感じで普通だが、餃子がうまい。薄皮で中身もギッシリ。ニンニクも効いている。あとは東坂戸のほうにある店で『穂希』。ここのつけ麺は、食後にスープを残して雑炊として食べると、絶品だぞ」

「へえ〜。どっちも美味しそうだね」

「それ以外にもまだまだある。坂戸一にこだわる必要はないぞ。自分に合う店を見つけるのが一番だ。俺にとってはこの店だな」

父は少し照れ臭そうに言った。

（確かに、よい店じゃ。お父上には一本取られたな。坂戸一という言葉に、わしらもこだわりすぎていたようだ）

しみじみと、天王さまが語りかけてくる。僕も少し反省しないと。

その店でのんびりラーメンを食べながら、親子水入らずの時を過ごした。天王さまも義理の息子との時を過ごせたのかもしれない。

ちなみに「食いログ」の評価は三・一九。まずまずの数字だった。

その日の夢の中で、天王さまの一言で「大黒そば」に決まった。ただし、坂戸一ではなく、神さま的に坂戸で一番おススメな店という称号になった。不満そうな神さまもいたが、神さまの名前が付いているという理由は実に単純で分かりやすい。福の神だからそれにあやかってという理由があったにしても、福の神と信じて名前を付けたことが重要らしい。神さまは人に信じてもらうことが力の源になっているから。さらに、坂戸一ではなくおススメということだから角も立たない。

とは言え、天王さま以外の神さまが同じことを言っても、決まらなかっただろう。神さまのリーダーとしての存在感があってこそだったと思う。

また何か騒がしい。神さま同士が言い争っているようだ。

「……今度は何ですか？」

呼び出された僕は、尋ねてみる。悪い予感がする……。

「おお、来たか透。実は坂戸一の蕎麦屋がどこかで皆もめていてな……」

苦笑しながら答える天王さまだった。

透の章

八月十三日　日曜日

神さま当番は、休みの日。休みなのに珍しく早く目が覚めた。神さまの目覚ましもなく、解放感もあるから、いつもなら午後まで寝ているんだけど。

「おはよー」

朝食を取りに食卓に行くと、父がいた。

「ああ、透。折り入って話がある」

「ちょっと待って。顔を洗ってくるから」

いつになく真剣な顔。お説教ではなさそうだったが、きちんと目を覚ましてから聞いたほうがいいと思った。

「実は転勤が決まった。来年の四月には、大阪に行くことになる」

家族を連れていきたいから、僕にも来てほしいとのことだった。

「友達や学校のこともある。どうしても、と言うなら坂戸に残ってもいいが……。一人暮らしになると、自分の面倒は自分でみないといけない。簡単にはいかないと思う」

ゲームやマンガの主人公は割と簡単に一人暮らしをしているが、本当にやるとなるとそう楽ではないだろう。神さまと同居していることがプラスになるかもしれないけど……。

「分かった。考えてみる」

父にはそう答えて、よく考えてみることにした。この話が、神さまがいない時に聞かされたのは運命かもしれない……待てよ、大阪に行けば、神さまとも離れられるんだな……。

プラス面だけ考えてみよう。今の生活に不満はないけど、今日みたいに自分の体を自分だけで使える……それも大きいかもしれない。それと家族との生活。多少の手伝いはさせられても、家事はやらなくていい。

逆にマイナス面を考えると……。新しい生活になるから、友達も一から作らないといけない。まあ、もう少しで高校進学だから坂戸にいても、それはあまり変わらない。ただ、慣れ親しんだ坂戸から離れるとなると……。引っ越す予定の場所は大阪でも中心地で、こちらよりもずっと都会らしい。田舎から離れれば便利にはなるだろうけど……。大阪はお笑いのレベルが高いので、面白くない人はすぐ仲間外れにされるなんて話もあるし……。関西弁になじむのも大変そうだ。神さまとの生活は、正直心強い面もあったしなぁ。文字通り、守ってもらえる感覚は貴重だった。

時間は半年以上あるし、もう少しゆっくり考えることにした。気分転換に外にでも出ようかな。

例によってこの辺りには何もないので、自転車で坂戸の駅前まで出る。神さまなしだと遠いし、結構疲れる。駅前の駐輪場に自転車を止めて、適当にぶらぶら歩いた。見慣れた街並みを見ながら、引っ越したら、ここにも来なくなるだろうと思う。行きつけの店もたくさんあるし、友達も知り合いもいっぱいいる。それが全部リセットされる……結構大変なことだ。

「あ、透！　こんにちは」

気づくと、目の前にサッキがいた。

「あ、サッキ……」

もちろん、目の前のサッキとも別れることになる。今は恋人でも何でもないただの幼なじみから、二度と会えなくなる可能性も高い。

「……どうしたの？　元気ないけど……」

最近、おばあちゃんが亡くなって元気がないのは、サッキのはずなんだけど……。心配してくれてるんだ……。

「いや……ちょっと……」

誰かに相談したい……という気持ちが強く湧いてきた。でも、迷惑かもしれない。とは言え、黙っていなくなるわけにはいかない。いつかは話さなくてはいけないんだ。なら、早いほうが……。いやいや……。

「悩み……？　話しにくいことなんだね……。あたしも今は一人だから……家にいても誰もいないし」

育ての親であるおばあちゃんが亡くなって一人きり。とは言え、家事はほとんどサッキがやっていたようで、貯えもあるから、生活の心配はないらしい。未成年だから、保護者の問題とかもあるようだけど……。彼女のほうがよほど大変なはず。むしろ、彼女の相談に乗ってあげるべきでは……。言い出せないまま、二人で歩く。お互い何も話さないが、雰囲気は悪くなかった。

「………」

ジッとサツキを見つめる。

「……?」

笑いかけてくれるサツキ。愛おしい。このままの関係で大阪に持っていきたい。……中学生のセリフじゃないな。人一人を背負う力は、僕にはまだ、ない。でも、関係を維持することは……待ってもらうことはできるかもしれない。そのためには、全部話さないと。

「実は……」

全部話した。だんだんサツキの表情が暗くなっていくことに気づいたが、途中で止めることはできなかった。

「……そうなんだ……。……透は、どうしたいの……?」

搾りだすように尋ねるサツキ。

「うん……。どうすれば、いいか悩んでる」

僕も正直に答えるしかなかった。

「……そうだよね……。すぐに答えなんて出ないよね……。ごめん、あたし、ちょっと気分が悪くなってきた……。帰るね!」

あっという間に駆け出してしまうサツキ。みるみるうちに姿が見えなくなる。止めることはできなかった。平気そうに見えても、僕よりも大変な状態の彼女には、やはり話すべきじゃなかった。やってしまった。いつもなら神さまの叱咤激励《しったげきれい》があるが、今日はそれもない。どうしていいか、分からなかった。

抜け殻のようになりながら、その日は家に帰った。

八月十四日　月曜日

夏休みも中盤に入った。そろそろ宿題も気になってくる頃。今日の神さまは天狗（猿田彦）さまだ。早速、昨日の失敗を相談する。

（……なるほどな。それは、失敗だったな。その気がなかったとしても、傷つけてしまったのだから、追いかけるべきだった）

天狗さまの声が脳裏に響く。

（でも、追いかけたとしても、なんて言えばよかったんですか？　坂戸からは出ていかない、一生一緒にいる……とでも？）

（まあ、まだ恋人同士ではないからなあ。先に告白するべきだったな）

（告白してから、引っ越しの話をすればよかったと？）

（正しい手順を踏むなら、そうだろうな）

ややこしいというか、もどかしいというか……恋愛って大変だな……。

（告白が断られたら？）

（その場合は坂戸から、心置きなく出ていけるだろう。むしろ坂戸に、いたくなくなるのではないか？）

なるほど、坂戸にはサツキとの思い出もたくさん詰まってる。確かに離れたくなるかも。

（どっちみち、サツキには昨日のことをフォローしたいので……。あとで彼女の家に行こうと思います。付き合ってもらえますか？）

（心得た）

協力を約束してくれる天狗さま。やっぱりただいてくれるだけでも、神さまがいると心強い。

朝食を食べに、二階の自分の部屋から階段で下に降りて、食卓へ向かう。父さんがゆっくり朝食を取っているところだった。そうか、父さんも夏休みだったっけ。十七日までだったかな。

「おはよう」

「おはよう。宿題はちゃんとやってるか？」

したり顔で父さんが訊いてくる。

「やってるよ」

ぶっきらぼうに答える。今はそれどころじゃないのに。イラっとしてくる。これが反抗期なのかな。

「そうか。父さんはあまり手伝えないと思うから、そのつもりでな」

「分かってるって！」

宿題を終わらせられない前提で話しているのが、またムッとくる。早くここからいなくなってくれないかな。

（あまり父上を無下にするものではないぞ）

見かねた天狗さまが語りかけてくる。

（……それもそうですね）

少し冷静になった。まあ、心配してくれてるんだろう。

「彼女はできたか？」

唐突に訊いてくるな、もう。

「まだだよ」

好きな人ならいるけどさ。このままだと、どうなるか分からないけど。

「…………」

かと思うと、遠い目をする父。ああ、いつものか。

「また、思い出してるの？」

もう何度も聞いている話だけど、こう促さないと無駄な時間がかかるだけなので、仕方なく訊く。

「ああ。あれは小学校の卒業式のあとだったな。机の中に手紙が入ってたんだ。『三丁目の公園で待ってます』ってな」

父はS山学園がまだS山中学だった頃のOB。軽く三十年くらい前だ。三丁目の公園はここから歩いていける、商店街の近くにある公園。

「それで、公園に行ったんだよね？」

「そうだ。期待半分、不安半分でな。でも……」

いつものように、ここでいったん切る。

「誰も来なかったんだよね？」

「そう。誰が手紙を出したか分からずじまい。どんな女の子だったのか……。ただのイタズラだったのかな」

性別も定かではないが、文面や字から、女の子だったのは間違いないと言う。相手の子が恥ずかしくなってこなかったか、あるいは場所が間違っていたのか。真相は謎だ。

「まあ、同じクラスには可愛い子から、そうでない子までいろいろいたからな。来なくてよかったのかもしれない」

しみじみと語る父さん。

「でも、その時相手が来ていたら……。もしかしたら透は生まれていなかったかもしれないな」

いつもこう結ぶ。決まって僕はこう答えるのだ。

「初恋は実らないっていうから、きっと変わらなかったよ」

恋とも言えないと思うけど。

「そうかもしれないな」

父さんは曖昧に答えて終わる。食事を終えて、食卓を離れる。

告白か……、まあ、父さんの場合は告白未遂だけど。サツキが告白してくれたら……今の状況では、そんな都合のいいことあるわけないか、ハハハ。ハア……。

さて、サツキの家に電話してみるか……。電話すると、かえって断られるかもしれない。直接、家に行ったほうがいいかな。坂戸神社の近くだったはず……。あれ、何かおかしい気がする……。気はするが、とりあえずサツキの家に向かってみた。

サツキの家に着く。玄関のベルを鳴らすが、誰も出てこない。おばあちゃんは亡くなっているから、サツキが出てくるはずだが……。いないのかな？

家の中は静まり返っている。どうやら本当に誰もいないみたいだ。

（どうした？）

（なにか、違和感が……）

この家には何度も来たことがあるから、間違いないはずなんだけど……。

（違和感？　この家には何もおかしいところはないが……）

（いや、いいんです……。それより、サツキを探してもらえますか？）

（分かった、カラスどもに探させよう）

天狗さまにサツキを探してもらいながら、彼女が行きそうな所を適当に巡ってみた。行きつけの文房具店やアクロスプラザ坂戸の百円ショップなどなど……でも、まったく会うことはできなかった。

もしかしたら、ワカバウォークでウィンドーショッピングや映画でも観ているかもしれないと思い、向かってみる。坂戸市外だから、少しかかるけど。

八月十四日　月曜日

「あれ？」

気づくと朝になっていた。おかしいな、ワカバウウォークに着いたと思ったのに。カレンダーを見ると、八月十四日。日付は進んでいない。そうなると、今までのは夢？　だったのかな？

(今日の予定はどうだったかな)

天狗さまの声が頭に響く。神さまも同じ……ということは、やはり日付は進んでいない。

天狗さまの声が脳裏に響く。

(あれ、昨日の話、覚えてませんか？)

この前、サツキを傷つけてしまった話を確認してみる。

(いや……。まったくの初耳だが……)

やはり夢だったのかな。まあ、日付が進んでいるのなら、今日は天王さまになっているはずだ。

朝食を食べに、二階の自分の部屋から階段で下に降りて、食卓へ向かう。父さんがゆっくり朝食を取っているところだった。そうか、父さんも夏休みだったっけ。十七日までだったかな。

「おはよう」

「おはよう。宿題はちゃんとやってるか？」

したり顔で父さんが訊いてくる。

「やってるよ」

ぶっきらぼうに答える。今はそれどころじゃないってのに!!

「そうか。父さんはあまり手伝えないと思うから、そのつもりでな」

「分かってるって！」

このやり取りは……。夢と同じ？

（あまり父上を無下にするものではないぞ）

見かねた天狗さまが語りかけてくる。

（……それもそうですね）

天狗さまの言葉まで……！

「彼女はできたか？」

「まだだよ」

好きな人ならいるけどさ……って。やっぱり、おかしい。

「…………」

かと思うと、遠い目をする父。明らかにいつもの展開だ。

「…………」

促すのも面倒で、父を黙って見つめる。そのうち、勝手に話を始める。

「あれは小学校の卒業式のあとだったな。机の中に手紙が入ってたんだ。『三丁目の公園で待ってます』ってな」

「それで、公園に行ったんだよね？」

「そうだ。期待半分、不安半分でな。でも……」

いつものように、ここでいったん切る。

「誰も来なかった」

「そう。誰が手紙を出したか分からずじまい。どんな女の子だったのか……。ただのイタズラだったのかな」

「まあ、同じクラスには可愛い子から、そうでない子までいろいたからな。来なくてよかったのかもしれない」

しみじみと語る父さん。

「でも、その時相手が来ていたら……。もしかしたら透は生まれていなかったかもしれないな」

いつも通りに僕はこう答える。

「初恋は実らないっていうから、きっと変わらなかったよ」

「そうかもしれないな」

父さんは曖昧に答えて終わる。食事を終えて、食卓を離れる。

夢とほぼ同じやり取り。不審に思って天狗さまに尋ねた。

(今のやり取り……。夢で見たものとまったく同じなんですが……)

少し考えて、天狗さまが答える。

(今のお前は神と繋がっている。予知夢を見ることがあっても不思議ではないな)

(そうですか……)

あっさり肯定される。少し安心した。予知夢程度は神さまならたくさんある能力のほんの一部らしい。

夢通りに行動するなら、サッキの家に行くが、留守で……駅前に移動してサツキの行きつけの文房

具屋やアクロスプラザ坂戸に行ってもいなくて……。最後にワカバウォークへ行ったら、朝になってた。しかも、今日の……⁉

（予知夢だとしたら、その行動はすべて無駄だな……。サツキを見つけるには、他の行動をしたほうがよいだろう）

（岩戸に電話して訊いてみましょうか？）

（いいんじゃないか。我は、他の神々にも協力を頼んで、サツキを探してもらうことにする）

（ありがとうございます‼）

一応、サツキの家には電話をしてみたが、誰も出なかった。今度は、岩戸に電話してみる。家の人が出るが、すぐに岩戸につないでくれる。

「おう、どうした、透？」

「つかぬことを聞くけど……。サツキがどこにいるか知らない？」

「……？　家にいないのか？」

「電話したけど、出なくて……」

「……そうか。俺は見ていないけど、クラスの皆に訊いてみるよ」

「助かるよ！　ありがとう‼」

これで、岩戸経由で想兼嬢に伝わり、ＳＮＳで探してもらえるはず。おそらく、見つかれば、すぐに知らせてもらえるだろう。坂戸は狭い町だから、これだけ手を打てば、すぐに見つかるはずだ。

（しかし、見つかったとして、何を言うつもりだ？）

（それは……。傷つけたことは確かだから、まずは謝ります）

（そうだな……。そのあとは……？）

天狗さまは、さらに訊いてくる。浅はかな考えなら、どちらも傷つきかねないからだろう。

（そうですね……。自分の気持ちを、正直に言おうと思います……！）

（……告白という意味か？）

わざわざ言いにくい言葉に言い換えてくる天狗さま。

（……ま、まあ、そうなってしまいますかね……）

なんとも煮え切らないが、そうなると思う。

（青春だのお！）

茶化してくる天狗さま。相手すると調子に乗るので、ほっておこう。

すぐにでも連絡が来ると思っていたが、神さまからも岩戸からも、なしのつぶてだった。気分がそわそわして、じっとしていられなくなる。

（どこかに出かけたらどうだ？）

（そんな悠長な……でも、そうですね……。川越にでも行ってみようかな）

観光地としても有名な、小江戸川越は隣町。中学生でも遊べる場所はたくさんあるので、そこにいる可能性は否定できなかった。案外会えるかもしれない。

（よいな、我も行ってみたい）

天狗さまも乗り気なので、行くことにした。さすがに自転車だけではキツイ。天狗さまの力で空から……というわけにもいかないので、坂戸駅まで自転車で行って、電車で川越に行くことにした。

坂戸に到着し、駅に行って東上線に乗る。川越までは十分くらいだ。

八月十四日　月曜日

「あれ?」

また、気づくと朝だった。電車に乗って「若葉駅」を通過しと思った瞬間、朝に……。カレンダーを見ると、八月十四日。今度も日付はそのままだ。そうなると、今までのも夢? そんなことがありうるんだろうか……?

(今日の予定はどうだったかな)

天狗さまの声だ。神さまも同じだ……!

(…………)

絶句していると、心配そうな声が響く。

(どうした、顔色が悪いぞ?)

ここは夢と違う。前回は絶句しなかったからかな。

(天狗さま)

(何かあったか?)

(つかぬことをうかがいますが、時間が戻っていませんか?)

考えてみると、天狗さまには以前、過去の坂戸に連れていってもらったことがある。天狗さまのいたずらかもしれない。……そんなことをする神さまじゃないけど。

（いや……少なくとも我は、やっていない）

心を読まれてしまったようだ。簡単にこれまでの状況を説明する。

（……ふむ。我ではないが、他の神のいたずらかもしれん。あの程度なら、どの神でもできるからな）

神さま同士のネットワークで訊いてくれる。やるとしたら、白山さま辺りかな。何か機嫌を損ねたのかもしれない。

（誰も覚えがないと言ってるぞ）

予想外の答えだった。誰かがウソをついてるかもしれないが、それ以上の追及も難しい。ただ、神さまの仕業だとすると、たいてい目的がある。例えば、白山さまが岩戸と想兼嬢の心を入れ替えた時は、二人を仲良くさせるためだった。理由があってやってるなら、隠すことはしない。そう考えると、神さまの仕業という感じはしなかった。

とりあえず、朝食を食べに、一階に降りて食卓へ向かう。父さんがゆっくり朝食を取っているところだった。

「おはよう。宿題ならやってるよ」

「そうか……。訊いてないが……。まあ、やっているならいいだろ」

父さんは少し驚いているようだ。あまり表情に出ないから、分からないけど。実際は全然やっていないが、追及もしてこなかった。

「彼女ならまだいないよ」

ぶっきらぼうに答える。

「そんなことは訊いてないぞ！」

「でも、訊こうとしたでしょ？」

「…………」

絶句してしまう父さん。やり過ぎたかな。そのせいか、昔話はせず、食事中も黙ったままだった。

部屋に戻り、天狗さまと相談する。

（うーむ……。本当に……ループというんだったか？　時間が戻っているとすれば、原因があるはずだ。何か心当たりは？）

僕は首を振る。神さまのせいじゃないとすれば、見当もつかない。

（だが、今までの話では坂戸の市外に行った途端に戻っているようだ。とりあえず、坂戸から出ないようにしたら、どうだろう）

（……なるほど……！）

それはあるかもしれない。何らかの理由で坂戸から出ることがループの引き金になっているのなら、出なければいいんだ。でも、サツキはどう探しても見つからない。どこにいってしまったんだろう。どうせ、時間が戻るなら、彼女を傷つける前に戻ってくれれば、こんな思いをせずにすむのに……。

（そういえば……）

（どうかしたのか？）

（彼女の家に行った時、すごい違和感があったんです。何か手掛かりがあるかもしれない）

（ならば、行ってみよう）

（はい！）

彼女の家に行く。呼び鈴を鳴らしても、やはり誰も出てこない。違和感は……確かにある。でも、よく分からない。

入口のドアに手をかけてみる。鍵はかかっていなかった。

（中に入ってもいいでしょうか？）

天狗さまに訊くのもどうかと思うが、誰かに許可がもらいたかった。

（まずいんじゃないか？）

（手掛かりがほしいんです）

（……不純な気持ちではないようだな。サツキが許さなかったとしても、我が許そう）

（ありがとうございます）

中に入ってみる。一軒家だが、中はそんなに広くない。おばあちゃんと二人暮らしだったから、部屋数も少ない。台所、トイレ、浴室……あとは居間におばあちゃんの部屋、最後にサツキの部屋だった。可愛い字で「サツキの部屋」とプレートがかかっている。

他の部屋は一通り見たが、特に変わった点はなかった。さすがに気は引けるが、ここまできたら、入らないといけない。手掛かりはまだ見つかっていないんだ。

（…………）

部屋には鍵がかかっておらず、ドアはすんなりと開く。サツキの姿はない。あるものといえば、テレビや勉強机、ベッドにタンス。それからぬいぐるみくらい。普通の女の子らしい部屋だった。簡単に調べるが、やはりおかしなところはなかった。

（でも……。そうか……！）

やっと、分かった！

（何かあったか？）

天狗さまに訊かれる。天狗さまもまだ気づいていないらしい。

（この家自体は、おかしくないです。家にあるものも。……この家がある場所がおかしい）

（なんと⁉）

（この家は坂戸神社の近くにある。ということは、学区はS戸中学校のはず。歩いていけますからね。なのに、サツキはバスでないと通えないS山学園に通っている）

（それは……、何か事情があるんだろう）

天狗さまが反論する通り、これだけでは弱い。

（それはそうかもしれません。でも、僕とサツキは幼なじみなんです。普通、幼なじみなら家はもっと近いはず。隣とか、せいぜい歩いていける場所。ここはあまりにも遠すぎる！）

彼女と初めて会ったのは、確か三丁目の公園。自宅から歩いてすぐの場所だ。幼い彼女がわざわざ家から遠い公園に来るだろうか⁉

（……確かに。本当は、ここは彼女の家ではないとか？）

（いえ、ここには何度も来た覚えもあるし、亡くなったおばあちゃんにも、会ったことがあります。とても優しそうな人でした……！　引っ越したという話も聞いたことがない！）

突然、強い、視線を感じた……！

（何か感じたか？）

（はい、誰かに見つめられているような……）

（あやかしのたぐいか？）

慌てて尋ねてくる天狗さま。

（いえ、そんな危険な感じは……。むしろ、神さまのような……）

（……それでも、ただことではないな。すぐに戻るぞ！　神々を集めよう）

天狗さまの一声で、家に戻る。

自室へ戻り、横になる。天狗さまが体に戻ってきて、神さま会議を夢の中で開くということだった。神さまの助力もあり、あっという間に眠りに落ちる。

久々に八柱の神さま全員が揃った。

「さて、今回集まってもらった理由は、訊いてるな？」

リーダー格である、天王（スサノオ）さまが口火を切る。

「確か、ループしてるとか……誰の仕業ですか？」

お稲荷さまが憎まれ口を叩く。

「女狐、お主の仕業ではないのか?」

八幡(応神天皇)さまが早速応戦する。

「私は狐ではありません!!」

「神使の狐が勝手にやったとか……?」

山王(オオヤマクイ)さまも加わる。

「私の狐ちゃんはそんなことしません!!」

ムキになって否定するお稲荷さま。いいおもちゃにされている。

「わたしくでもありませんよ。そんなことをしても何の得もありません」

有無を言わさぬ口調で白山(ククリヒメ)さまが言う。

「俺でもないぞ。だいたい、るーぷ……って何だ? 説明されてもよく分からん」

予想通りの脳筋っぷりを見せるお諏訪(タケミナカタ)さま。

「お主もその気になればできるはずだが……。まあ、不器用だから難しいかもしれんな。わしもやっておらん」

これは天狗さま。あまりフォローになってませんよ。

「天神さまは、どう思いますか?」

唯一、黙っている天神(菅原道真)さまに訊いてみる僕。まさかとは思うけど……。

「うむ。まずは確かめたいことがある」

「と言うと？」

「本当に時間が繰り返されているのなら、その痕跡があるはず。それを調べる必要がある」

さすがに学問の神さま。他の神さまに比べるとずっと説得力があった。

「でも、どうやって？」

「見せてもらったのだろう？　『葦原全記』を？」

「山王さまに見せてもらったあの鏡ですか？」

「そうだ。本当なら、鏡の映像……今年の八月十四日が余分にあるはずだ。あれはすべてを記録しているからな」

神さまが一斉にうなずく。

「なるほどな、では早速」

天王さまが、指をパチンとならすと、そこには無数の鏡が並んでいた。一瞬でワープしたらしい。

「速いですね」

神さまも皆揃っている。

「全員で見たほうが速いからな」

少し待つと、驚きの声が、次々と上がる。

「これは……」

「いったいどうして……」

「……ありえません」

わけが分からない。

「どうしたんです？　僕にも説明してください」

たまらず説明を願う僕。

「ああ、すまん。ないのだ」

天王さまが答える。

「え、何が？　映像がないんですか？」

明確な答えを返してくれたのは、やはり天神さまだった。

「いや、鏡がないのだ。今日八月十四日を記録しているはずの鏡だけが、どこにも」

首をかしげる天神さま。

「そんなことがありうるんですか？」

「ありえんな」

山王さまが答える。そういえば、『葦原全記』を管理しているのは山王さまだった。

「それじゃ、ループしているかどうか、分からないってことですか？」

「その通りだ。だが、一つだけハッキリした」

天神さまは難しい顔をする。

「時間を戻した犯人は、坂戸の神の中にいる。間違いない」

衝撃的な一言だった。神さまの間で緊張が走る。

「どういうことですか？」

たまらず、先を促す僕。

「単純なことだ。坂戸の『葦原全記』を管理している場所を知っているのは坂戸の神々とその神使だけ。犯人は時間が戻っている証拠を残さないため、鏡を隠しているとみるべきだろう。神使がやったとしても勝手にやることはないから、主の神が命令したはずだ」

「透にも分かりやすく言えば、そうだな……防犯カメラを壊したり、防犯カメラが写した映像を消したりするのと同じことだ」

サスペンスドラマなどで、自分の犯行場面が映るため、前もってカメラを壊すのと一緒だと、天神さまは教えてくれた。隠された鏡には決定的な証拠が写っているんだろう。

天神さまの一言で神さま同士が疑心暗鬼になり、ギスギスした雰囲気に……。どうするんだろ、これ？

「サツキの家で透を見ていたという視線、その主が犯人に違いない！　さあ、早く名乗り出よ!!」

さらにあおる天神さま。確かにあの視線は神さまっぽかったけど。誰も白状しようとはしなかった。

神さまたちだけで、話し合いが行われる。夢の中だから時間の経過は分からない。夢の中なのにウトウトしかけた頃に、天神さまがやってきた。

「結論が出たので、代表として伝える。正確に言うと、結論というより打開策かな」

「は、はい……」

「通常、神はウソをつかないが……。何か特別な事情があるのかもしれん。神同士で見破るのは難しい。いろいろしがらみがあるのでな。そこで……」

不穏な空気の中、ゴクンと唾をのみこむ僕。

「今日の当番は、猿田彦だったな。これから、当番の神を、透、お前が監視するのだ」

「えっ？」

「当番として一緒に過ごせば、誰が犯人か分かるかもしれん。透、お前が見破るのだ」

「ええええっ!!」

とんでもないことを言い出す天神さま!!

「そ、そんな恐れ多いことはできませんよ!!」

「他の神々とは話がついている。必ずしも透が犯人を見破れるとは思わないが、手掛かりくらいはつかめるかもしれん。神同士では力勝負のようになってしまい、らちが明かんのだ」

天神さまの話だと、本気で見破ろうとしたら、お互いの能力を使う力勝負となり、天変地異の原因にもなりかねないのだそうだ。神さま同士のケンカなんて想像もしたくない。北海道で起きた地震や、広島で起きた水害のようなことが起こるかもしれない。

「わ、分かりました……」

「頼むぞ。サツキの行方が分からないのも、今回の件に関係があると思われる。ループの原因と同様に調べることにする。緊急事態なので、今回は土日も休みなしだ。八日間で見極めよ」

土日の休みがないのはキツイなぁ。あれ、八日間ってことは……。

「八日間ということは……天神さまも入っているんですか!?」

「うむ。もちろん予はやっていないが、それでは他の神々に示しがつかぬからな。怪しい……と思ったら遠慮なく言うがいい」

「でも、その前にループが起きたら⁉」

そうなったら、神さまの監視どころじゃない！

「心配するな。猿田彦が言っていたように、おそらく時間が戻る条件は『坂戸から出ること』だ」

そうだった。今までのループは、坂戸から出ようとしたところから始まってる……！

「坂戸の鏡がなくなっているのが何よりの証拠だ。……仮に坂戸から出ずに時間が戻ったとしても」

「しても？」

「透はそのことを覚えているわけだから、神々の監視は続けられるはずだ」

「そうか……。確かに」

僕ならループを認識しているから、監視はできる。また神々を説得しなければならないけど、その時は「葦原全記」を持ち出せばいい。八柱もいる神さまの中から犯人を捜すなんて、気が遠くなるけど、やるしかない……！


目が覚めた。

（犯人捜しとは、気が重いだろうが……。よろしく頼むぞ、透）

天狗（猿田彦）さまの声が響く。今日の当番は天狗さま。時間はお昼を少し回っていた。これから八柱の神さまを監視しなければならない。責任は重大だ。あとサツキの捜索も。これは、岩戸に電話で頼んでおいた。

（道真はああ言っていたが、我は必ずしも我らの中に犯人がいるとは限らんと思っている）

（えっ）

いきなり天神さまの主張を否定する天狗さま。早速怪しい？

（まあ、最後まで聞け。なるほど、坂戸の出来事を記録する鏡が見当たらないのは、我らの誰かの仕業かもしれん）

（何かバレると困ることを隠すために鏡を隠す。しかし、それとは別に時が戻っているということは考えられんか？）

鏡がなくなるのも、ループも大事件。だから、この二つが関係していると考えるほうが自然だと思うが、まったく関係ない可能性も……。

（時を戻す……ということは一種の祟りと考えられる。我らは、それだけのことができそうな存在を洗い出した）

（そんな存在がいるんですか⁉）

（うむ。あるいは何か知っていそうな存在も、な）

こんな何の変哲もない田舎の町にそんな存在がたくさんいるんだろうか？　いや、田舎だからこそ、いるのかもしれない。

（今日はそのうちの一つに行ってみよう）

自由研究の宿題で扱った坂戸の七不思議みたいになってきた。好奇心を目いっぱい膨らませて、僕は天狗さまの案内で坂戸駅から歩いていける、永源寺の境内に来ていた。

（ここですか？）

毎年五月には関東一と言われるお釈迦祭りが開催されることで有名なお寺だ。以前は二日間やっていたが、最近は一日になってしまった。それでも、祭りの日には多くの参拝客と出店でたくさんの人が集まる。百年以上前からやっているとか聞いたことがあったような……。

（うむ。もう少しだ）

今は祭りもないので、他に人もおらず、閑散としている。その中のお墓の一つ、かなり年代物の古いお墓の前で、僕の体は立ち止まった。

（誰のお墓ですか？）

（高尾《たかお》、という名の名妓《めいぎ》だ。ああ、特に優れた芸者のことだ）

芸者……お金をもらってお座敷で芸をしながらお客の相手をする女性？　今もいるけど。

（彼女は三浦屋という江戸吉原を代表する芸妓《げいぎ》でな。人気も実力も抜群で高尾という名跡を継いだ。二代目になる）

要は、落語家や歌舞伎役者が代替わりするように、高尾という名跡も受け継がれていたらしい。

（大身の大名である伊達綱宗に見初められるが、彼女には思いを寄せる人物がいた。四代将軍家綱に仕える御小姓、権三郎だ）

伊達……多分、有名な伊達政宗の子孫かな。

（身分と金に物を言わせて、奪おうとしたが、二人は手に手を取って、この坂戸まで逃げてきた。元々体の弱かった高尾は病に倒れ、権三郎は必死に看病したが、ついに帰らぬ人になり、ここに葬ら

れた……というわけだ）

（その大名がちょっかいを出さなければ、二人は幸福になっていたはずだ……ということですね？）

（うむ）

（権三郎って人は、彼女の死後はどうしたんですか？）

（出家し、道哲と名乗って引きこもり、一生彼女の菩提《ぼだい》を弔って暮らしたそうだ）

彼女が死んでも想い続けていたようだ。それだけ想われていれば、幸せだったんじゃないだろうか？

（そうだな。一応来てみたものの、彼女の怨念は感じられない。もちろん権三郎の怨念もない。成仏しているようだ。高尾の怨念が残っていて、透を権三郎と間違えて、坂戸から出ようとする透を引き留めるために、時を戻している……などと考えていたが、見込み違いだったようだ）

（……そんなことがありうるんですか？）

（人の怨念というものは、強いから充分ありうる。以前、身をもって知っただろう？）

確かに、シンメトリーの家の時は大変だった。少し安心した。自分が巻き込まれずに済んだ……というのもあるけど、死んでも報われないんじゃ、悲しすぎるから。顔も知らないけど、手を合わせて永源寺を出ようとする。

（…………）

（どうしました？）

出ようとするが、体が動かない。天狗さまの仕業のようだ。

（……わずかだが、穢《けが》れを感じる。怨念というほどではないが）

辺りを探る天狗さま。

（気のせいかもしれんな。もう行こう）

その声を合図に、永源寺を出た。軽くサツキを探してみるが、いなかった。


（実はもう一人いる。少し遠いが、行ってみよう）

自転車にまたがり、天狗さまに体を任せて向かう。

光勝寺というお寺に入った。墓地の入り口にはお地蔵さまが並んでいる。やはり古ぼけた墓石の前で立ち止まった。

（今度は誰のお墓ですか？）

（山崎林蔵という博徒というか、侠客《きょうかく》だ。今で言う、やくざだな）

一気に毛色が変わった。少し体が震える。墓まで大きくなったような気がする。

（出身地が赤尾で、赤尾の林蔵と言われている。講談などでは有名だ。本名は山崎林蔵。叔父も落合の久五郎という有名な侠客でな、寛政十年（一七九八年）に叔父と一緒に高坂の藤右衛門を討った。藤右衛門が悪人だったということで無罪放免になり、「今牛若」の異名をとり、名を上げた。その後、不意を打って高萩の伊之松を討ったために、上尾宿にいた時に待ち構えていた子分たちの敵討ちにあって殺された。二十六歳の若さだった）

（伊之松って人は悪人ではなかったんですか？）

（猟師と獲物を争って斬り殺したくらいだから、善人とは呼べんが……。当時有名だった秩父の甲源一刀流逸見《へんみ》道場に入門し、師範代を務めるほどの腕前だった。「小天狗」の異名を持ち、男前で、顔役として人望が厚かったから、悪人とも言い切れない。高萩は坂戸のすぐ隣で、人気のあった伊之松に強い対抗心を持っていたようだ。さらに上尾の宿にいたお山という遊女に入れあげていたが、この女も伊之松のひいきに預かっていた）

（その女の人はどっちが好きだったんですか？）

（遊女というのは一定の男には懸想しないものだが……、伊之松のほうに魅かれていたようだ。彼が殺されたと聞き、激怒して姿をくらましたそうだからな。しかも、林蔵には、おむらという女房がいたし）

不倫っていうヤツかな？　まだ僕にはよく分からないけど。

（林蔵も叔父の剣の師匠に弟子入りしており、大そう強かったようだが、なじみの女郎部屋に行った時に、刀を取り上げられていた。相手が大人数の上、素手ではどうしようもなく、殺されてしまった）

因果応報という言葉は、この人のために作られたかのようだった。

（女郎部屋っていうのは……）

（うーむ。透にはまだ早いが……、まあ、そういう店だ。詳しく説明することはできんので、察してくれ）

まあ、何となくは分かるので、追及しないことにした。

（その首は伊之松の墓に供えられた。その後、胴と一緒に遺族に返されて、葬られた。この墓がそうだ。女房のおむらが建てたようだな）

（それで、どうですか？）

なるほど。不倫？　をしていたのに、奥さんが墓を作ってくれたのか。唯一の救いかな。

（こちらもはずれだな）

天狗さまの言葉に心底安心した。祟ったら相当怖そうなので。

（だが、ここにも穢れを感じる。さっきのは気のせいではなかったようだ）

（ループの原因ですか？）

（いや、そんな大それたことを引き起こせるほどではない。放置していても問題ないくらいだ）

少し不安を感じたが、手を合わせてお寺を出た。

その日の捜索？　を終える。天狗さまの言動には、特に怪しいところはなかった。穢れ……というのは気になるが……。まあ、結果的には墓参りをしただけだけど。サツキも見つからなかった。

八月十五日　火曜日
久しぶりに日付が進んだ。坂戸から出ることがループの引き金であることは間違いなさそうだ。

（今日はわしだ。よろしく頼むぞ）

脳裏に響く声は天王（スサノオ）さまだった。

（天王さまも、誰か怪しい人を知っているんですか？）

（うむ。厳密に言うと、人ではなく人形だが）

（人形？）

（まあ、道すがら話そう。坂戸神社に向かうぞ）

天王さまに体を任せて、自転車で坂戸神社へ向かう。

（実は、坂戸神社にはいわくつきの人形がある）

（何の人形ですか？）

（源為朝という武士だ。源頼朝の叔父といえば、分かるかな）

源頼朝なら知ってる。鎌倉幕府を開いた人だ。

（ざっくりと説明すると、弓を取れば天下無双と言われた剛の者だったが、当時の権力争いで負けるほうについてしまったがために、破れ、伊豆大島へ流された）

天狗さまに比べると本当にざっくりだけど、分かりやすい。

（なんで殺されなかったんですか？）

（その武勇を惜しまれたのだ。肘を外され、弓を射ることができないようにされたが、その傷も癒え、大暴れしたために、結局攻められて自害した）

なるほど。それでも反乱を起こすなんて懲りない人だったんだな。

（伝説の多い人物でな。佐賀の黒髪山で、七つの角を持つ大蛇を退治した……なんて話も残っている）

（そんな人の人形が、なぜ坂戸に？）

（祭りの神輿《みこし》に歴史上の有名人の人形を乗せて担ぐことがある。坂戸で祭りを行うことになった時、これはという人形を探したが、市内にはなかったので、近くの市町村を探してみると、川越に源為朝の人形があることを知り、売ってもらったそうだ）

（それで、どうして祟りが？）

（川越には二つの源為朝の人形があったが、一つは偽物で、もう一つが本物。本物のほうは大事にして祭りでは使わず、偽物のほうを使っていたそうだ。坂戸に譲ることになって、偽物のほうを売るつもりだったが、間違えて本物のほうを売ってしまった）

（それじゃ、川越のほうは困ったでしょう）

（交換してほしいと言ったが、坂戸は拒否した。そのまま本物のほうを坂戸が使っているというわけだ）

（なるほど、それじゃ祟られるかも……）

（しかも、体のほうがボロボロになってしまったため、焼却し、現在では頭と弓だけになっているそうだ）

（あちゃー）

それは祟られないほうがおかしいくらいかもしれない。何度も反乱しているくらいだから、執念深い人みたいだし。

天王さまの案内で坂戸神社に保管されている、源為朝の首をじっくりと調べた。

（どうですか？）

（どうもせん。ただの人形の首だな。何の怨念も感じられん。精巧に作られた人形に、魂が宿ることはあるが……これにはない）

意外な返事だった。

（しかし、わずかだが、よくないものを感じるな。淀《よど》みというか……）

気になることを言い出す天王さま。

（そういえば、天狗さまも穢れがどうとか……）

（そうだな、穢れとも言える。自然に消えるたぐいのものだ。心配はないだろう）

（まあ、時間を戻すなど、生粋《きっすい》の武士がやることではない。一応確かめてはみたが）

あらぬ疑いをかけてしまったことを心の中で詫びて、手を合わせる。坂戸神社をあとにした。

天王さまも特に怪しい点はなかった。何か隠している様子もなかったし。サツキもまだ見つからない。手掛かりゼロだ。

八月十六日　水曜日
今日もループなし。お諏訪（タケミナカタ）さまの日だ。

（お諏訪さまは何か心当たりがありますか？）

（そうだな……。一つだけ、ある）

お諏訪さまのことだから、難しいことは分からん……って言うかと思ったが、意外だった。

（案内する。体を借りるぞ）

自転車にまたがり、到着したのは諏訪神社だった。以前、コハクチョウがいた越辺川がすぐ近くにある。こちらは川島町ではなく坂戸側になるけど。

（この辺りの地域を赤尾と言うが……ここでは蕎麦を作ってはいけないことになっている）

境内に入ると、お諏訪さまが解説を始める。

（それはまた、どうして？）

（ここには、俺の神使である蛇も祀られているのだが……。蛇らしく執念深いところがあってな）

（それと、蕎麦とどんな関係が？）

（蕎麦殻に滑って蕎麦の木の枝が目にささり、片目を潰してしまったことがある）

蕎麦殻……？　ええと、蕎麦の実を除去したあとに残った殻のことで、枕の中に詰められることが多いらしい。そのせいで片目……。

（それで、この神社の氏子には蕎麦を作ることを禁じたらしい。食べるのはいいそうだが）

（気持ちは分からないでもありませんが……）

（そうだな。俺も八つ当たりだと思う。だが、実際、蕎麦を作って亡くなった者もいるらしい。その延長で、時間を戻すなんてことをしでかしたのかもしれん。一応訊いてみる）

やがて、蛇の姿が浮かび上がってくる。確かに片目だった。

「久しいな」

「これは、建御名方様。おひさしゅうございます」

恭しく頭を下げる蛇。

「早速ですまんが……。この坂戸の地で、時が戻っているらしい。お主、心当たりはあるか？」

「さて、そんな話は初耳でございます」

　首を傾げる蛇。

「そうか？　だが、お主は氏子に蕎麦を作ることを禁じているとか」

「それは……。この身の不注意のせいでございます。禁じてなどおりませんよ。氏子たちが気を遣ってくれただけでございます」

　あくまでも丁寧に答える蛇。冷静そのものだ。蛇だから、表情が分からないだけかもしれないけど。

「しかし、実際亡くなった者もいるとか」

「恐れながら、偶然でございます。道真公のことはご存じでしょう。たまたま死人が出てしまったゆえに、噂に尾ひれが付いてしまったのでございます」

　最初は偶然でも信じる人が増えれば、本当に祟り神になってしまう。天神さまがそうだった。そのことをお諏訪さまにこっそり言う。

（……ウソは言っていない。神使と神は密接なつながりがあるから、ウソを言えばすぐ分かるのだ）

（そうですか……）

　片目の痛々しい姿を見ると、どうしても疑いたくなる。

「分かった。邪魔したな。使命に戻るがよい」

「失礼致します」

　スーッと消えていく。

（では帰るか）

（天狗さまと天王さまが言ってたんですが……。何か穢れのようなものは感じませんか？）

辺りを見回すお諏訪さま。

（言われてみれば……。かすかだが、感じるな。それと）

（それと？）

（ウソは付いていないと思うが、何かを隠している感じはした）

（本当ですか？）

（多分な。今は皆目見当もつかん。しばらく泳がせておこう）

気になる一言を残し、諏訪神社をあとにした。周囲を探してみたが、サッキはいなかった。

その日はそれで終わり。お諏訪さまも怪しいところはなかったと思う。三人の神さまが言っている、穢れのほうが気になる。サツキは未だ行方不明。岩戸からも連絡はなし。心配になってきた。

八月十七日　木曜日
今日も無事に日付が進んだ。天神（菅原道真）さまの日だ。坂戸から出ないようにというアドバイスをくれたこともあり、一番頼りになりそうだ。
（天神さまには、心当たりはありますか？）
（うむ。今回は鏡がないせいで、調査が難航しているが……。その代わりになるような存在を知っている）

（そんなものがあるんですか？）

（他でもない、予の神社にある。案内しよう）

自転車に乗ると、いつも通っているS山学園を通り過ぎる。大きな駐車場がある蕎麦屋さんを通り過ぎて、横道に入る。やがて、年季の入った神社が見えてきた。多和目天神社だ。

（ここは予を祀った神社だが、神木と言える木がある）

境内にでーんと鎮座した大木。これのことか……！　近くにあったのに初めて見た。

（カゴノキと言ってな。関東の以北ではここにしかないと言われる。ざっと樹齢八百年になる）

ひゃー。ぶっとい幹に無数の枝が生えており、巨大なアフロヘアーのようにたくさんの葉がこんもりと生えている。とても八百歳のご高齢には見えない。

（かつてこの神社には多和目の大スギと言われる大木もあった。六十年ほど前の台風で枯れてしまい、伐採されたが。そのスギの生命も受け継いでいる）

そういえば、以前、民俗資料館に行った時に、切り株が飾ってあったっけ。切り株だけど結構大きかった。

（彼らが神木と言われるのは、長くこの地にいるから……だけではない。鏡に何かあった時のために、予備の記録機としても機能するようになっているのだ）

「いるか、カゴノキの精よ」

「これはこれは。菅原道真公。珍しいお越しで」

神使の蛇のようにスーッと現れる。仙人のような老人の姿だった。年の割には元気そうだった。

「実は、坂戸の地で時が戻る現象が起こっている。観測しているか？」

「確かに。八月十四日が三度ほど繰り返されております」

僕の記憶と一致している……！　おかげでやっとウラが取れた。

「原因に心当たりは？」

「不明にございます」

「そうか。何か変わったことは？」

矢継ぎ早に訊く天神さま。即答するカゴノキの精。

「坂戸でもいわくつきの地で、微量ながら穢れが発生している模様でございます」

今度も即答だった。

「詳しい場所は分かるか？」

「永源寺の万治《まんじ》高尾の墓、光勝寺の赤尾の林蔵の墓、坂戸神社の源為朝の首、赤尾の諏訪神社、梶坊権現、紺屋《こうや》と横沼の桜国輔《さくらくにすけ》の顕彰碑。勝呂神社の古墳……」

「その辺でよい。あとは坂戸各地に点在する古墳や遺跡などだな？」

「ご明察の通りでございます」

驚いたことに今まで神さまと一緒に行った場所が、すべて含まれていた。

「あと一つ、サツキという少女を見かけなかったか？」

天神さまに促され、スマホで彼女の写真を見せる。

「この娘なら……八月十三日に自宅に戻ってから、忽然《こつぜん》と消えました」

さらっと衝撃発言をする。

「そうか……。何か手掛かりは?」

「残念ながら、ございません」

「お役目ご苦労。もうよいぞ」

「それでは、失礼致します」

スーッと消える。機械のように正確だった。

(ほとんどがお墓ですね)

(うむ。墓や遺跡は人の痕跡が強く残っているので、自然と穢れが溜まっていくのだが……、普通は自然に消えていく。高尾大夫のようにいわくのある人物は多少溜まりやすいが、寺や神社できちんと弔っていれば、抑えられるはずだ)

(誰かが故意に溜めることはできるんですか?)

(一か所に集めれば、穢れを濃くすることはできるが……。目的が分からない)

(お諏訪さまが、蛇の神使が何か隠しているようだと言ってましたが……?)

(うむ。本人から聞いた。可能かもしれないが、蕎麦の恨みでそこまでするとは思えんな)

天神さまもまだ答えが出せないようだった。

(今日は終わりにしよう。皆と相談してみる)

多和日天神社をあとにした。

今日の捜索は天神さまのおかげでだいぶ進んだと思う。もちろん、怪しいところはない。あえて言えば、詳しすぎるので、怪しい気もするが、そんなことを言い出したらキリがない。サツキは、文字通り神隠しにあったのは確かのようだ。……今日も見つかってない……。

八月十八日　金曜日

今日の当番は山王（オオヤマクイ）さまだ。

（山王さまは、どこかありますか？）

（道真たちとも相談したが……。事実関係を確認してみようと思う）

難しい言い方だけど、要は今まで分かったことのウラを取るということらしい。

（道真が言ったような神木は、あと二本ある。今日はそのうちの一本に行ってみよう）

例によって体を任せて自転車で向かう。今度は土屋神社という神社だった。ここもまた古墳の上にある神社で、高台にある。

（……神木ってこれですか？）

（うむ。土屋の神木スギと言う）

確かに大きな木だ、幹は立派で大木と言われるだけはある……けど……所々に伐採した跡があり、途中で折れているような風貌。枝も数えるほどで、葉もてっぺんのほうに少し生えているだけだ。人に例えれば息も絶え絶えのご老人のように見える。

（樹齢千年とも言われるが、そろそろ寿命のようでな。鏡の予備という役目も、半分引退しているような状態だ）

千年……。想像もつかない。時代で言うと、平安時代くらいかな。

「神木スギの精よ、姿を見せよ」

…………………………。なかなか来ない。……………いないのだろうか?

眠気が襲ってきた頃、ようやく姿を現した。

「……お待たせ……致しました……ゴホッゴホッ……」

木の印象と寸分違わない、ヨボヨボの老人の姿だった。

「すまんな。無理を強いたようだ」

「……いいえ……。要件はカゴノキより聞いております。こちらでも確認させていただきましたが、カゴノキの申していることに相違ございません……。サツキどののことも含めて……ゴホッゴホッ」

しゃべるだけでも辛そうだった。カゴノキの精とはエライ違いだった。

「入西《にっさい》のビャクシンも同意見か?」

「……はい。ビャクシンは独自に何かつかんだようでございます……。時間がかかるようですが……ゴホッゴホッ」

「ほう」

「詳しくは、後日、本人にお聞きくだされ……ゴホッゴホッ」

「お役目、ご苦労。もうよいぞ」

「ははーっ……ゴホッゴホッ」

……消えるのは速かった。長い間、ご苦労様でした……と心の中で感謝した。この神社は車通りの多い、大通りに面している。排気ガスのせいで苦しんでいるのかもしれない。

（だいたい分かった。どうも蛇が何か企んでいるのは、確かのようだ）

（本当ですか⁉）

不穏な話になってきた。

（神使は神に次ぐ力を持っているからな。だが、確信を得るにはまだ時間がかかる。ビャクシンの調査も、もう少しかかるようだ）

ループの原因も蛇のせいなんだろうか？　どんなわけでそんなことをしたのだろうか。

今日の調査も終わり。寝たきりのご老人を無理矢理働かせたような後味の悪い気分だったが、徐々に真実に迫っているようだ。山王さまにも怪しい点はなかった。サツキは……手掛かりすらない状況が続いている。僕も合間に探しているんだけど。

八月十九日　土曜日
今日は白山（ククリヒメ）さまの日。

（今日はわたくしの神社に行きましょう。いろいろ案内してあげます）

（どこですか？）

（勝呂神社です。穢れが出る場所の一つですから、確認の意味もあります）

いつものように体を任せて、自転車で神社に向かう。本来なら自転車で行くにはきつい距離だが、神さまのおかげで、気づいたら着いているから楽でいい。

結構大きな神社だが、本殿は高い階段の上にあるという、少し変わった造りになっていた。

（ここは古墳の上に建てられているので、高い所に本殿が作られているのです）

急な階段なので、ゆっくりと慎重に上る。

（ここの総本社は石川県にあり、ご神体はそこから持ってきた石なのです）

さすがにご自分の神社だけあり、詳しい。

（神社に「勝」という字が入っていることもあり、勝負ごとにご利益のある神社で有名なのですよ）

勝呂神社だから、確かに「勝」の字が入ってる。

（もちろん、縁結びもおススメです。あなたとサツキのことも祈ってあげましょう）

頼んでもいないのに、お祈りをあげてくれる白山さま。本人がまだ行方不明なのに、なんてのんきな……。神さまが直接やってくれているんだから、ご利益はありそうだけど。

（終わりました。神社の周りを一周してから帰ってください。よりご利益が強くなります）

素直に従って、一回りする。

（そういえば、穢れはどうですか？）

（……感じますね。ごくわずかではありますが……。まあ、詳しいことはビャクシンが教えてくれるでしょう）

その後も白山さまから神社のウンチクを披露していたが、聞き流しながら帰った。

調査……したのかな？　そういう意味では怪しいが、ただ浮かれていただけな気がする。高いところにある変わった神社だったが、手入れも行き届いていて、いい神社だった。縁結びをしてもらったが、サツキ本人はまだ見つかっていない。

八月二十日　日曜日

今日はお稲荷さまの日。本来はお休みのはずだったので、少し辛い。緊急事態だから仕方ないが。そろそろかなということで、「入西のビャクシン」がある石上《いしがみ》神社へ自転車で向かった。坂戸神社とはまったくの逆方向だが、家からは割と近かった。

古くからある、住宅というより屋敷と言ったほうが正しい建物が並んだところに、石上神社はあった。階段があり、こちらも勝呂神社ほどではないが、高台になっている。ここも古墳の上に作られているらしい。

本殿の右側にそれらしい木があった。大木と言うほどではないが、ともかく、ねじれている。

(このビャクシンという木はねじれていることで有名なのです。樹齢は六百五十年程度ですから、神木の中では一番若いですね)

枝も多く、たくさんの葉が茂っている。

(ある意味、外見通りの性格ですから、覚悟してください)

(え？)

「いますか、ビャクシンの精？」

「とっくにいますよ、お稲荷さま。待ちくたびれました」

見るからに生意気そうな若者のようなチャラい外見の精だった。

「それで、真相は？」

「ほぼほぼ判明しました」

「ほぼほぼって……」

「ほぼが二つ重なっておりますから、ほぼよりも完全に近いという意味ですよ、ご存じないんですか？」

……生意気なのは外見だけではないようだ。

「それでは、真相を教えてください」

「いやです」

「…………」

頭を抱えるお稲荷さま。何で逆らうんだろう？

「理由を訊いてもいいですか？」

「気分じゃないので」

即答するビャクシン。ねじれているって、こういうことか。

「じゃあ、どうすれば気分になります？　本体に火でもつけてあげましょうか？」

額に青筋が立っている。神さまが脅迫まがいのことを言うなんて。

「いいんですか？　口幅ったいですが、この辺りでは神木として崇められてますから、燃えてしまったら悪い意味で話題になりますよ。この神社もなくなってしまうかも」

「…………」

完璧に言い返される。絶句するお稲荷さま。

「何が望みです？」

気のせいか、青筋が増えている気がする。顔は笑顔なのがかえって怖い。

「そうですね、どうしようかなー」

からかわれてるみたいだな。向こうのほうが一枚上のようだ。

「今、虫がうっとうしいもので。和名で言うとビャクシンコノハカイガラムシとヒバノキクイムシ。主にこの二種類のおかげで夜も眠れません。これを何とかしてくれたら、真相を教えて差し上げましょう」

聞いたこともない害虫の名前をかまずに言うビャクシンの精。口もよく回る。

「私の手には余りますが……。まあ、明日までに専門業者を手配するくらいならできます」

苦い表情で言うお稲荷さま。

「それで結構。駆除が終わったらお話ししましょう。では、ごきげんよう」

勝手に消えていくビャクシンの精。最後まで、彼が主導権を握っていた。

（しゃくではありますが、帰りましょう）

（はい）

そのまま、お稲荷さまの操作で帰宅した。他の精に比べて実に抜け目のない精だった。お稲荷さまに怪しいところはなかった。やられっぱなしだったので、気の毒だったくらいだ。サツキは……まだ行方知れず。

八月二十一日　月曜日
今日の当番は八幡（応神天皇）さま。とりあえず、ビャクシンがどうしているか、自転車で石上神社に行くことになった。

昨日は閑散としていたが、明らかに人の気配がする。作業着を着た業者らしい人がすでに作業を始めていた。

（お稲荷さま、約束通り手配をしてくれたみたいですね）

（一応商売の神だから、お手の物だろう。いつ終わるかも分からんし、ここで見守っていても仕方ない）

（どこかに行きますか？）

（いい所がある。ここからは少々遠いが……。まあ、朕の力で強化すれば、近い。一応穢れが出る場所でもあるようだから、調査にもなるだろう）

八幡さまの操作で着いた場所は、塚越神社。

鳥居は白い石で作られ、赤字で「塚越神社」と書かれた石の看板のようなものが付いた立派なものだった。階段とは名ばかりの低い段差がある。上るまでもなく、石造りの祠のようなものが入口からハッキリと見える。

（ずいぶん小さいですね）

大木に慣れたせいか、なおさら小さく見える。

（「義家塚（よしいえづか）」と言う。かの有名な八幡太郎義家ゆかりの地だ）

義家……聞いたことがあるような、ないような。

（源義家。源頼朝の祖先だ。かの徳川家康も彼の子孫と名乗り、「家」の字はこの義家からもらったと言われる）

大昔のエライ武士ってところかな。武家の神さまの八幡さまらしいチョイスだった。

（義家が東北地方へ遠征の途中で、川が増水してこの地に足止めされた。近くにある大宮住吉神社で戦勝と川の減水を願ったところ、かなったと言われる。そして、その祠がある場所に義家が腰を下ろしたと伝えられる。それからこの辺りを塚越と言うようになったのだ）

こんな田舎に有名な武士がいたことがある……と聞くと、少しうれしかった。両手を合わせて祈りをあげる。

（なるほど。ところで、穢れは感じますか）

真剣な表情になり、辺りを見回す八幡さま。

（確かに感じるな。少し濃くなっているようだ。よくない兆候だ）

（減らすことはできないんですか？）

（できないことはないが、おおもとを絶たねば、解決にはならん。やはりビャクシンの報告待ちだな）

結局そこに戻ってしまうらしい。

（せっかくだ、大宮住吉神社にも行ってみよう）

歩いて五分程度の距離に大宮住吉神社はあった。なかなか広い神社だったが、坂戸神社に比べると古めかしい。大きな本殿の近くには、木製のステージのような建物があった。周りは大きな杉の木が神社を囲むように生えている。厳島神社のミニチュアのような祠があったのが、印象的だった。厳島神社も勧請しているとか。水の神と言われる「弁財天」が祀られているそうだ。何か見覚えが、あ、八幡さまの夢の中で見たあの神社だ……！

(源頼朝に北武蔵十二郡の総社に指定された由緒のある神社だ。祖先にゆかりのある神社だったからだろうな)

よく分からないが、格の高い神社なのかな。

(ここで奉納されている神楽《かぐら》は大宮住吉神楽と言われ、江戸里神楽の特徴をよく残しているため、県の重要文化財にも指定されている)

(神楽って何ですか？)

さすがに分からなくなってきた。

(そうだな、簡単に言えば、朕のような神々にささげられる歌や舞のことだ)

なるほど、ひょっとこみたいな仮面をかぶって踊ったり、後ろのほうで笛を吹いたりしているヤツかな。あの木のステージはそのためのものなのだろう。八幡さまから、そんな講釈を受けながら、お祈りを済ませる。

(そろそろ良かろう。石上神社に戻ろう)

その言葉に従い、八幡さまに体を任せて石上神社に着く。

すっかり作業は終わったようで、作業服姿の業者はいなくなっていた。

「では、話してもらおうか」

有無を言わさぬ口調で迫る八幡さま。

「かしこまりました。他の神々もおいででございます」

恭しく頭を下げるビャクシンの精。周りを見ると、八幡さま以外の七柱の神々の姿が浮かび上がってきた。

「皆も来たのか」

「それはまあ……」

「気にならないとなれば、ウソになるからな」

ざわつく神さまたち。

「それでは、当事者に登場していただきましょう」

スーッと浮かび上がったのは、片目の蛇の神使だった。口には鏡を咥《くわ》えている。

「お詫びと、ご報告に参りました」

鏡を管理者である山王さまに渡すと、頭を下げる蛇の神使。

「お前の仕業だったのか……！」

鏡を受け取る山王さま。周囲に驚きの声が上がる。

「私は時々、勝呂廃寺の『葦原全記』を見回っておるのですが、先日、この鏡がひどく汚れているのに気づきました。おそらくは、皆様を騒がしている穢れのせいかと思われます」

終始丁寧な口調で説明する蛇の神使。

「しかし、それならば報告してくれれば……」

山王さまが口を挟む。

「恐れながら、失った片目がひどくうずきまして……。穢れの一因は、この片目にあるようなのです」

潰れた方の片目を突き出す蛇の神使。

「なるほど、あの穢れと同種のものだな」

天狗さまが大きくうなずいた。

「どう思う、道真？」

天王さまが天神さまに尋ねる。

「おそらく、その片目のせいで蛇の神使が気づかぬところで穢れが溜まり、それが坂戸各地のいわくつきの場所に影響を及ぼし、徐々に広がっていったのだろう」

「しかし、そのような穢れは神社にいれば、消えるはずでは？」

白山さまが疑問を唱える。蛇の神使は諏訪神社にいた。神社の神気ならその程度は、自然に祓えるということらしい。

「ループのせいだ。八月十四日が三度も重なったせいで、本来溜まるはずのない穢れが祓われることなく、異常に溜まり広がってしまったのだろう」

天神さまが断言する。

「それで、なぜ鏡を盗んだのですか？」

お稲荷さまが優しく尋ねる。

「自分のせいかとも思いましたので、報告もできず……他の神使とも相談して、こっそり綺麗にすることにしたのです。綺麗になったら、そっと勝呂廃寺の地下に戻すつもりでございました」

申し訳なさそうに、語る蛇の神使。

「その矢先に気づかれて、騒ぎになってしまったと……」

腕を組みながらうなずく八幡さま。まあ、体は僕だけど。

「仰せの通りにございます。面目次第《めんぼくしだい》もございません」

「やれやれ。聞いてみればどうということもなかったな」

お諏訪さまが、ため息交じりにつぶやく。

「まあ、悪さをしたわけではなかったから、安心したが」

恭しく頭を下げる蛇の神使。

「彼が怪しいと思っていた私は、すぐに事情を聞きましたが、鏡を綺麗にしてから報告したいと切に望んだので、皆様にもお待ちいただいたわけでございます」

わざとらしいくらい丁寧に語るビャクシンの精。

「何はともあれ、鏡が返ってきたのだ。早速観てみようではないか」

天王さまが提案する。

「そうだな。何らかの術で時間を戻しているのなら、その様子も映っているはずだ」

天神さまがうなずく。いよいよ犯人が分かるのだ。この中にいるなんて、未だに信じられないけど。

「では、映すぞ!!」

山王さまがビャクシンの木に鏡を立て掛ける。鏡を囲むように神さまたちが集まり、八月十四日の映像が始まる。

朝目覚め、父と話して朝食を済ませ、サツキの家に寄って、不在を確認してから、坂戸の駅前に行って文房具屋とアクロスプラザ坂戸でサツキを探すが見つからなかった。最後に、ワカバウォークに向かう。その時点で画面が切り替わり、ある人物が何事か念じると、再び八月十四日が始まった。その人物は……！　ここにいるどの神さまでもなかった⁉　誰だ、この人⁉　いや、神さまなのかな？

神さまたちも、唖然《あぜん》として見守っている。

「あ奴だったか……！」

「すっかり存在を忘れておった」

「盲点でしたね」

「道真が我らの中にいると言うから……冷や冷やしたわ」

「とんだ濡れ衣だったな」

「間違ってはいない。あの方も坂戸の神には違いないのだから」

口々にぼやく神さまたちに、天神さまが反論している。僕は何が何だか分からない。

「いったい、どなたなんです？　この神さまは？」

たまらず訊いてみた。

「道真の言う通り、れっきとした坂戸神社の神だ」

天狗さまが教えてくれる。

「私たちとは違い、透が大変だろうからと、肉体を借りることを遠慮した神です」

お稲荷さまが口を挟む。

「そのせいで、すっかり忘れられてしまったがな」

バツが悪そうに、天王さまが答える。

「そうなんですか……」

そんな優しい神さまがいたなんて……。でもそんな神さまが何でこんなことを……。っていうか、さんざんあおっておいて、ここにはいない神さまが犯人!? 推理小説ならルール違反もいいところだ。読者に怒られてしまう。

「本人に訊いてみましょう」

蛇の神使を帰らせて、僕は八幡さまの操作で坂戸神社へ向かう。他の神々も、思い思いの方法で向かったようだ。

坂戸神社に到着するが早いか、天王さまの声が響く。

「いるか、白髪の！」

その言葉に応じ、姿を現す。八幡さまと同じような服装をした、整った目鼻立ちをした男性だった。若く見えるのに、髪は真っ白だった。

「ここにいるよ。須佐之男」

その人物は、穏やかな声で答える。

「は、初めまして」

恐る恐る挨拶する僕。第一印象は優しそうな神さまだが、こんなことをしでかすなんて、どんな人なんだろう。

「朕の名は白髪武広国押稚日本根子天皇（しらがたけひろくにおしわかやまとねこすめらみこと）。難しければ白髪皇子（しらかのみこ）と呼ぶがよい。お主のこと、ずっと見ておった」

優しく微笑む白髪武広……もとい白髪皇子。あの時、サツキの家で気づいた視線は、この神さまだったのだろう。

「犯人は、貴様か？」

八幡さまが詰問する。

「皆も揃っているようだ。すべてをお話ししよう」

始まりの地、坂戸神社で白髪皇子の告白が始まった……！

白髪さまの章

白髪皇子は懐から鏡を取り出し、本殿に括《くく》り付ける。

「勝呂廃寺から失敬してきた。映像を観ながら、説明させていただこう」

鏡が映したのは、屋敷の部屋の中だった。ワイワイとにぎやかな雰囲気で、何かのお祝いのようだ。

「これは結婚式の様子だ。今からざっと七十四年ほど前の坂戸の赤尾と言われる地の屋敷で行われた」

食卓には赤飯や天ぷらなどのごちそうが並び、たくさんの人が祝福している。その中心には二人の男女がいた。

「今とは違い、新婦は白無垢、新郎は紋付袴だった。戦時中で物のない時代だったが、それでも、結婚式だから奮発したようだな」

二人とも若々しく、二十代に見える。人々に祝福され、微笑んでいる姿は本当に幸せそうだった。

「この頃は見合い結婚が普通だったが、彼らは珍しく恋愛結婚だった。幼なじみで同級生だった」

画面が移り変わる。

「要所要所を映す。すべて観る必要はない」

舞台は坂戸神社に変わっていた。もちろん、今の坂戸神社とは周りの風景を含めて全然違う。たくさんの人が集まり、軍服姿の若者がズラリと並んでいた。若者の中に、さっきの新郎の姿もあった。

「結婚式の半年ほどあとのことだ。新郎は召集されて戦争に行くことになった。これは出陣式というものだ」

勇ましい軍歌が流れ、周りの人々は口々に彼らを称える。その表情は複雑なものだった。彼らを憐れむような、労わるような……。

「各地の神社や寺で、よく行われていた。彼らの無事と健闘を祈ってな。……残念ながら、帰ってこられなかった者もいた」

重い口調で白髪皇子は語った。田舎だと思っていたこの坂戸でも、戦争はあったんだ。平和な時代に生まれた僕は、そんな話を聞かされることはあっても、実感することはなかった……。

「朕はこの神社で産土神（うぶすながみ）の役目を負っている」

うぶすながみ……？

「人が生まれてから、死ぬまで見守ってくれている神さまのことです」

お稲荷さまが教えてくれる。

「誰にでも必ずいるんですよ。もちろん、透。あなたにも」

これは白山さま。いつもより優しい口調だった。

「え、僕にも……？　誰なんですか？」

「朕だよ。ずっと見ていたと言ったであろう？」

僕を温かいまなざしで見つめる白髪皇子。確かに、この視線には覚えがあった。気づいたのはあの時だけだったが、ずっと見ていてくれたのだろう。

「そうだったんですか……」

「細かい決まりはあるが、簡単に言えば、坂戸の地で生まれた者は、すべて朕が産土神になる。生前、朕は子供を持たなかった」

その口調はさみしそうだった。

無神経に訊いてしまう僕。

「なぜですか？」

「この髪のせいだよ。父はこの髪を霊異《れいい》があるとして、跡継ぎにしてくれたが……。奇異な者として蔑《さげす》む者もいた。もし、この髪を受け継いだら……。自分の子供にそんな想いはさせたくなかったのだ」

僕から見ると綺麗な白髪だと思うけど……。人によっては、気味が悪いと思う人がいるかもしれない。

「だから、産土神として、坂戸で生まれた人々を、自分の子供のように見守ってきた」

鏡の場面が再び切り替わる。坂戸神社だが、今度は女性が映っていた。結婚式にいた新婦だった。熱心に祈りをささげている。

「言うまでもないが、夫の無事を祈って祈りをささげている。この時、彼女はすでに子を宿していた。そして、祈っていたのは彼女だけではない」

次の一言は、あまりにも衝撃的だった。

「お腹の子も必死に祈っていた。自分の父親を守ってくれと。……この子がサツキだ」

…………………えっ………………!!

「なるほど。腹の中で祈っていたのでは、覚えがないのも当たり前か」

天狗さまが深くうなずく。いや、そういうことじゃなくって……!?

「な、何を言っているんですか?」

意味が分からず、聞き返す僕。そんなはずはない。七十年以上も前の映像のはず。もし、その通りならサツキは七十を越えたおばあちゃんになってしまう。

また、鏡の画面が切り替わる。それは、嘆き悲しむ新婦の姿だった。

「彼女の祈りもむなしく、夫は帰ってこなかった。朕は守ってやることができなかった。言い訳になるが、出征したのはフィリピンという遠い土地。とても力が及ぶ所ではなかった……」

そして、鏡の映像がまた切り替わる。悲しみのあまり家にひきこもる新婦の姿。そこに、大雨が降り、川の流れが氾濫して、彼女が住む家をたちまち飲み込んだ……!

「赤尾の地は、この頃は水害の多い地域でな。家ごと流されてしまうことさえ珍しくなかった。この辺りの家は軒下に、避難のために木船を用意していたほどだ」

彼女は家ごと流されてしまう。屋根裏に部屋があったため、屋根に上れた。おかげで奇跡的に救助される様子が映っていた。

「この時。残された彼女の家族も失われた。そして、お腹の中にいたサツキも、この事故で流産したのだ」

「じゃ、じゃあ……僕と同級生のサツキは、いったい……！」

「……サツキは、人間ではない。朕たち神と同じように、信じる者がいるから受肉できた。そんな不安定な存在なのだ」

自分を責め続け、苦悩する姿が映っていた。そんな彼女の前に、幼い女の子の姿が現れる。小学生くらいのサツキの姿だった。

「母親があまりにも哀れで、朕はなけなしの力でサツキの姿を作り、彼女に見せた。根の国で元気にしていると言うつもりだったが……」

「この姿を見て、彼女はサツキの存在を強く信じるようになった。この映像と母の信じる心により受肉した存在なのだ」

神さまは信じる力によって力を増すと教えられた。サツキの場合は、母親一人の強い信仰心によって存在できるようになった……。そんなことが……。

「普通の人間ではないから、成長もしない。母親以外には見えない特殊な存在として、長く坂戸の地をさまよっていたが、ある日、どういうわけかは分からないが、他の人間にも見えるようになった時期があった」

サツキが公園の砂場で遊んでいる所に、同じ年ごろの男の子が寄っていく。

「と言っても、見えていたのはこの男の子だけだが……。分かるか、これがお前の父だ」

「えええええっ……!!」

仲良く遊んでいる二人。そして、画面が切り替わり、父が学校で自分の机の中を見ると、手紙が入っていた。

「じゃあ、さんざん父さんに聞かされてた手紙の主は……」

「そう、彼女だ。だが……」

父が待ち合わせ場所の公園に行く。サツキは来ていたが、父には見えないようだった。いくら呼び掛けても、気づかない。父は諦めて去っていってしまう。その姿を寂しそうに見つめるサツキ。

「お前の父も神の力に敏感な家系だった。子供の頃は、その力が強かったため、サツキを見ることができたが、その時期は長くは続かなかったようだ。彼は二度とサツキを見ることはできなかった」

そんな……。それじゃあ、サツキがかわいそうだ。母親以外、誰にも気づかれずにさ迷うなんて……。

「しかし、お前が生まれた」

また、公園で一人で遊ぶサツキが映る。その前に現れたのは、……僕だった！

「お前は父よりも力が強かった。依代としての力を持っていることも影響したのだろう。お前が当たり前のように彼女を信じることができたため、その存在は濃くなった。人間と同じように成長し、普通の女の子のように暮らせるようになった。少しだけ手助けした。神社の近くに家を用意したり、透と同じS山学園に通えるようにしたりしたのも朕だ」

サツキとの初めての出会いは、よく覚えていたが、そんな大きな意味があったなんて……。

「母と一緒に暮らしていたが、年が離れ過ぎていたため、祖母ということにしてつじつまを合わせた。しかし、つい先日、母親が亡くなってしまった。九十を越えていたから、寿命だった」

祖母が亡くなったって言ってたけど、実際はお母さんだったのか……！

「母が死んだことで、サツキの存在は、また不安定になった」

サツキの元気がなくなってたのは、悲しいだけじゃなかったんだ……！

「そこに透……お前が引っ越すかもしれないという話を聞かされ、ショックを受けたサツキは、いつ消えてもおかしくない存在になってしまった」

僕のせいだ……!!

「気にするな。知らなかったのだから、お前のせいではない」

慰めてくれる白髪皇子。

「でも、それと今回のループの件はどういう関係があるんですか？」

「サツキは坂戸の地にいる地縛霊のようなもの。地縛神と言ったほうが近いか。神に敏感だったのは、両親が信心深かったこともあるが、同類だったからだ」

サツキが神さまに鋭かったのは、そんな理由だったのか……。

「そして、サツキの存在は透、お前にかかっているのだ。お前が坂戸の地から離れてしまうと、たちまち消えてしまう。だから、お前が離れた瞬間に時を戻した」

「でも、時間を戻さなくても、坂戸市内に強引に戻してもよかったのでは……」

お稲荷さまが尋ねる。確かに時間まで戻す必要はないはずだ。

「実は、時間もないのだ。このままほっておいても一週間ほどでサツキの存在は消えてしまう。だから、時間も戻す必要があった。時間を稼ぎ、その間に、どうにかしようと思っていた」

そう言った白髪皇子の顔は苦悩に満ちていた。きっと、苦肉の策だったんだろう。

「すべてサツキのためだったが……。迷惑をかけてすまなかった」

深く頭を下げる白髪皇子。

「そういえば、サツキはどこにいるんですか？」

白髪皇子なら知っているはず……!!

「そこだ……。さっきも言ったようにサツキは不安定な存在になってしまった。朕の力で消えないように見守りながら、やむを得ずここで眠ってもらった」

白髪皇子がさす方向には部屋があり、そこには布団が敷かれていた。

「………」

スヤスヤと寝息を立てている、サツキの姿がそこにあった。よかった……。

「皆にも迷惑をかけてしまった。改めて詫びさせてくれ」

神々にも改めて頭を下げる白髪皇子。その姿を見て、他の神々は呆れたように言う。

「何でそんな大事なことを言わないんでしょうね」

白山さまがため息をつきながら、つぶやく。

「まったくだ。一人で背負うような問題ではない」

八幡さまが腕組みをしながら言う。いつの間にか、僕の体から出ていたようだ。

「我らに一言相談すれば、こんなことをしなくてもよかったのだ」

天狗さまが長い鼻をさすりながら言う。

「彼の存在を、すっかり忘れていた私たちも悪いですが」

苦笑しながら言う、お稲荷さま。

「一言言ってくれれば、いくらでも力を貸したぞ。まったく、水臭い」

力強く微笑む、お諏訪さま。

「さて、どうしようか。何かいい考えはあるか、天神の？」

横目で天神さまを見ながら、山王さまが尋ねる。

「難しい問題ですな。皆で相談しましょうか。まとめ役はお願い致しますよ」

天王さまを見つめながら、天神さまが言う。

「任せておけ!!」

胸をドンと叩きながら、天王さまが強くうなずく。

「すまん、皆……」

涙目になりながら、感謝する白髪皇子。

「手始めに、応急処置といこうか。皆、力を貸せ」

天王さまを中心に、残り七柱の神さまが集まる。

「白髪のだけでは限界だったろうが、わしらの力を合わせれば……！」

神さまたちが、強く念じると、辺りが強い光に包まれる。

「よし、これでサツキも半年は持つだろう。あとはゆっくり対策を考えようぞ」

サツキの存在は坂戸の神さまたちに委ねられることになった。

サツキの章

気づいたのは、水の中。暗いけど、温かくて、気持ちがよかった。

そこはお母さんのお腹の中。おへそが紐でつながっていて、栄養が送られてくる。栄養には愛情がたくさん入っていて、幸せだった。ずっとこのままでもいいと思えるくらい。

たまに、お腹越しに優しく触れてくれる手があった。その手からは、お母さんからもらえる愛情と同じくらいの温かさを感じた。きっと、お父さんだったんだと思う。ここから出て、両親と会えることを夢見て、あたしはすくすくと成長した。でも、それはかなわなかった。

いつもと違う場所だった。神さまという人がいるらしい。どんな願いでもかなえてくれるんだって。母の必死な祈りを感じた。あたしまで伝わるほどの、強い、強い願い。お父さんのことだと、すぐに分かった。お父さんが遠くに行くらしい。帰ってこられるか分からない。お母さんの願いは、あたしの願い。一緒に願った。お父さんを無事に帰してくださいと。

勇ましい音楽に包まれて、あたしは目覚めた。お母さんと一緒に願った場所と同じ場所だった。他にもたくさんの人がいるのが分かる。口々に勇ましいことを言っているのに、心の中では悲しんでいた。皆、お父さんと同じように、帰ってこられるか分からない所に行くんだって、思った。何で行くのを止めないんだろう？　そんな所に行かないでってお願いすればよかった。お腹越しに、温かい手の感触。……これが最後のような気がした。

全身を悲しみが覆う。水の中からでもはっきりと分かる、深い、深い悲しみ。お母さんが悲しんでいるんだ。理由はすぐに分かった。あたしとお母さんの願いはかなわなかった……。ひどいよ、あんなにお願いしたのに……！　どうして、どうしてかなえてくれなかったの⁉　神さまなんて、大嫌い‼

お母さんの悲しみが癒える間もなく、強い力を感じる。全身が流されていく感覚。強い、無慈悲な流れに、ただなすすべもなく流されていく。いつもは温かいはずの水の中が、氷のように冷たい。体がこごえそうで、あたしの中の命の光が失われていく気がした。怖かったけど、お父さんに会えそうな気がした……。

気づいたら、外にいた。お母さんのお腹の中とはまったく違う、広い、広い世界。たくさんの人がいて、いろいろなものがあった。真っ白な髪の毛をした、男の人が立っていた。お父さんかと思ったら、違うらしい。あたしを見ると、泣きながら抱きしめてくれた。言葉はなかったけど、伝わってくる。願いをかなえてやれず、すまない。お前を守ってやれず、すまないって……。この人が、あたしが大嫌いな神さまだって、すぐに分かった。責める気にはなれなかったけど、でも、許す気にもなれなかった。だって、お母さんはあんなに辛そうなんだもん。残されたお母さんは、毎日泣きながら、暮らしていた。お父さんも、あたしも、家族も、皆いなくなってしまった。あんなに悲しむくらいなら、いっそのこと、お母さんもこっちに来ればいいのに、とも思った。でも、お母さんには幸せになってほしかった。あたしと、お父さんの分まで。

白髪の人は、あたしはまだお父さんの所には行けないと言った。なんで？　と聞いたらお母さんが、お前のことを諦められないから、向こうに行けないんだって。最後に、お別れをしてあげてくれと言われた。白髪の人に体をもらって、あたしはお母さんに会いに行った。

「お母さん……」

初めてお母さんの顔をまじまじと見つめる。涙でいっぱいだったお母さんの顔が明るくなっていく。

「サ、サツキ……!?　サツキなのね……。よかった、本当によかった」

すごくうれしそうだった。抱きしめられないはずのあたしの体を、ギュッと抱きしめて離そうとしない。最後に別れの言葉を言おうと思ったけど、とても言い出せなかった。

白髪の人に、お別れしたくないって言った。困った顔をして、こんな話をしてくれた。お母さんが強く願っているから、この世にはいられる。でも、お前を見られるのは、母親だけ。他の人には一切見えない。一緒に遊んだりもできないし、お話することもできない。きっと寂しい想いをする。それでもいいか？　って。あたしはいいって言った。あたしがいることで、お母さんが悲しまなくて済むなら、寂しくたって平気。ずっとお母さんと一緒にいれば、いいんだから。

お母さんと一緒の暮らしが始まる。あたしはこの町の外には出られないから、お母さんが外に出てしまった時は、一人でお散歩した。お散歩は楽しかったけど、時々怖いことがあった。空から鉄の塊が飛んで来て、人や建物に向かって何かをすごい勢いで飛ばしていた。広いひこうじょう？　とか言う場所でたくさんの子供が草むしりをしていた。かまとかいう刃が斜めになっている刃物で草を刈っている。仲間には入れてもらえないから、あたしは珍しそうに眺めていた。そこに、鉄の塊がやってきて、何かを飛ばす。何回も、何回も。逃げ惑う子供たち。腕がちぎれて飛んでいく。血だらけで、泣き出す子供。すごく怖かった……！　何でこんなことをするんだろう？

学校に行ってみた。同じ年ごろの子たちがたくさんいた。どの教室にもあふれるくらいの子供がいた。お母さんに訊いたら、子供たちが住んでいた所は危ないので、ここに避難してきたらしい。疎開っていうんだって。他の所はもっと怖いんだ……！

夜、大きな音がして、外に出る。すると、遠くのほうが真っ赤になっていた。まるで、たくさんの人が焚火をしているみたいに。あとで、お母さんに訊いたら、くまがやという所で空襲があったんだって。あの鉄の塊が、たくさんの人や、建物を燃やして回ったんだって……！　お母さんは無事でよかったけど……。どうしてこんなことを……！

ある日、ラジオを聴いた。天皇とか言う人が、たんたんとしゃべっている。悲しみを押し殺すような口調だった。お母さんに訊いたら、戦争が終わったんだって。この時から、鉄の塊は、ほとんど来なくなった。来ても、前みたいに何かを飛ばすことはなかった。

それからも、時々町をお散歩した。道が大きく、広くなった。以前、鉄の塊がよく来ていた辺りは平地だったけど、若葉という名前の駅ができていた。お散歩したあとは一人で、公園で遊んでいた。誰にも見えないから、何をしても大丈夫。……少しだけ、寂しかったけど。その日も砂場で遊んでいた。

「きみ、どこの子？」

あたしは振り返らずに、周りを見回す。自分に声をかけられたとは思わなかった。いつも、自分の後ろや横に子供がいて、その子に声をかけていることが多かったから。

でも、誰もいない。おそるおそる、振り返ってみる。にっこりと微笑む男の子がいた。自分と同じくらいの年ごろ。

「坂戸……神社のほうから」

お母さん以外の人と話すのは初めてで、舌がよく回らない。

「へえーっ。結構、距離があるのに……。どうやってきたの？」

感心したように尋ねる男の子。

「あ、歩いて」

実際はフワフワ浮いているような感じなんだけど。

「すごいね～。ねえ、一緒に遊ばない？」

急なことで声が出せず、コクコクとうなずく。

「やった～。僕、久（ひさし）っていうんだ！　きみは？」

名前を聞かれるのも初めての体験だった。

「あ、あたしサツキ」

厳しい環境でも強く咲けるという花。それにちなんで母が付けてくれた名前だった。

「いい名前だね！」

その日は、時間を忘れて遊んだ。久君とはよく遊ぶようになった。とっても優しくて、あたしはどんどん好きになっていった。

嬉しくて、お母さんにも話した。お母さんも喜んで、そのうち連れてきなさいって言ってくれたけど、歩いていくには遠い所だから、大変だ。白髪の人にも話してみた。少し悲しそうな顔をしながら、こう言った。その子は代々神さまに近い家系だから、お前が見られたんだろう。でも、子供の力は成長すると失われることがあるから、長くは続かないかもしれないって。いつかお別れが来るかもしれないって……。そのお別れは、思ったよりも早かった。

お別れが来る前に、自分のことを伝えたくって、あたしは彼の学校の机に手紙を入れた。場所は白髪の人が教えてくれた。いつも彼と遊んでいた公園で、あたしはずっと待っていた。久君は来てくれた。

「こっちだよ、久君！」

うれしくって手を振るあたし。

「……？」

気づいてもらえなかった。目の前で手を振っても、体に触れようとしても、すり抜けてしまう。久君はしばらく待っていたけども、諦めて帰ってしまった。決心したその日に見えなくなるなんて……、あんまりだよ……。あたしは、泣いた。いくら泣いても誰にも気づいてもらえないと思ったら、もっと悲しくなってもっと、もっと泣いた。泣き疲れた頃、白髪の人が来て、黙って抱きしめてくれた。しばらくはお散歩をする気にもなれなかった。

お母さんはだいぶ年を取ってきた。見かけはすっかりおばあちゃんだ。あたしは年を取れないから、そのまま。ずっと一緒にいたいけど、あたしは見守るしかできない。お母さんに面倒をかけたくなくて、またお散歩をするようになった。通りを歩いても、誰もあたしのことは見えない。気にも留めない。こんなにいっぱい人がいるのに……。自分が見られないことには慣れていたつもりだったけど、久しぶりだったから、悲しかった。

久君と遊んだ公園に来てみた。久君の想い出に浸って、ますます悲しくなる。砂場に目をやると、男の子が一人で遊んでいた。ジーッと見つめる。どうせ気づかないから文句も言われない。

「…………。僕に何か用？」

耳を疑う。でも、周りを見回しても他に誰もいない。

「あ、あたしが見えるの!?」

「？　見えるよ。かくれんぼでもしてるの？」

心底不思議そうに答える男の子。その顔は……かすかに久君に似ている気がした。

「あたし、サツキっていうんだ……？　あなたは？」

何年振りか分からないけど、自分の名前を口にする。

「僕は、透。一緒に遊ぶ？」

「う、うん!!」

本当に久しぶりの、楽しい時間を過ごした。ぬか喜びをさせたくなくって、お母さんには話さなかった。久君の時は、会えなくなってからも、結構聞かれたから。白髪の人が現れてこう言った。あの子は久君の息子で、父親よりずっと強い力を持っている。成長すれば、もっと強くなりそうだから、前みたいなことはないって。あたしは嬉しかった。同じ年ごろのお友達がほしかったから。透とは毎日のように遊んだ。久君と同じように、透も優しくて、いい子だった。白髪の人が来て、意外な提案をしてきた。

「サツキ……。学校に行きたくないか？」

「えっ⁉」

もちろん、学校には何度も行ったことはある。誰にも気づいてもらえないから、すぐに行くのをやめたけど。

「透の力は予想以上だった。彼のおかげでサツキの存在は、以前より濃くなっている。これなら、朕の力を使えば、他の人間にも見られるようになる。そうすれば、学校にも行けるし、人間と変わらないように生活できる。成長して、大人にもなれる」

あたしの存在は神さまと一緒で、存在を信じてくれる人が一人だとしても、強く信じていてくれればくれるほど、濃く、強い存在になるのだという。今までは母親だけだったので、幽霊のように、さ迷うことしかできなかったが、透が強く信じてくれているおかげで、普通の人のようになれるんだって。

「行きたい‼　他の子供みたいに！　透と一緒の学校に行きたい‼」

あたしは強く願った。

「分かった。ただ、人として暮らすなら、今の記憶はないほうがいいだろう。今の母親も、年が離れすぎているから、祖母ということにしよう。両親はすでに亡くなり、祖母に引き取られたことにする」

「そんな……お母さんや久君、透との想い出はどうなっちゃうの？」

今までの記憶は、辛いこともたくさんあったけど……。いいこともたくさんあった。全部忘れたいなんて……、思わない。

「お前は七十年近い時間をさ迷って生きてきた。そのまま学校に行けば、異端の存在になってしまう。朕は普通の女の子として、生まれ変わってほしいと思っているのだ」

そんなことを言われても……。

「すべての記憶を奪う必要はない。透との記憶は、ほぼそのままにする。母との記憶は祖母のものとしておこう。悪いようにはしない。朕を信じてくれ」

白髪の人は頭を深々と下げる。お父さんや、あたしを守ることはできなかったけど、いろいろとよくしてくれた。恨むことはできない。あたしは言われるままに、白髪の人に従った……。


「そろそろ、お別れね……、サツキ」

骨と皮だけになって、すっかりしわしわになったおばあちゃんの手を握る。

「死なないでよ、おばあちゃん……。あたしを一人にしないで……」

涙があふれてくる。

「きっと大丈夫よ。透君がいるでしょ……？」

だんだん冷たくなっていくおばあちゃんの手。

「……そうだね。他にも友達がいるしね……」

心配をかけたくなくって、あたしは涙ながらにうなずいた。

「今まで、ありがとう……サツキ」

おばあちゃんの手から力が抜けていく。

「おばあちゃん…………!!」

涙が止まらない。あたしは自分が、急激に薄まるのを感じた………。


それから、悲しみも癒え、どうにか今まで通りの生活が送れるようになった頃、学校は夏休みに入っていた。偶然、透に会う。元気が無さそうだった。

「悩み……？　話しにくいことなんだね……。あたしも今は一人だから……家にいても誰もいないし」

透は何も話してくれないけど、今は一緒にいたかった。おばあちゃんの言葉もある。彼がいれば、あたしは一人じゃないから。

「…………」

ジッと透があたしを見つめる。

「……？」

よく分からないけど、笑顔で返した。

「実は……」

いい話かなと思ったけど、とんでもなかった。お父さんの仕事の関係で引っ越すんだって。坂戸から、透もいなくなっちゃうの……⁉　そんな……‼

「……そうなんだ……。……透は、どうしたいの……？」

頼むから、坂戸にいるって言って‼　ウソでもいいから‼

「うん……。どうすれば、いいか悩んでる」

でも、言ってくれなかった………！

「……そうだよね……。すぐに答えなんて出ないよね……。ごめん、あたし、ちょっと気分が悪くなってきた……。帰るね！」

あまりにショックで、あたしは一目散に家に帰った。ずっと悲しくて泣いていたけど、そのうち寝てしまった………。


目を覚ますと、目の前には白髪の人がいた。

「久しぶりだね、白髪の人」

年数は、どれくらいになるだろうか。透が小学生の頃だったから、もう九年くらいになる。

「二度と会いたくなかったかもしれないが……。すまない」

どこか憂いを帯びた瞳に神秘的な白い、真っ白な髪。彼の顔を見て、あたしはすべての記憶を思い出していた。

「それで、何の用?」

あたしが神さま嫌いになった元凶……。でも、人間にしてくれた恩人でもある。我ながら複雑な関係だと思う。

「最近、不安定になっているだろう?」

その言葉に、ドキッとする。透と一緒にシンメトリーの家に行き、彼の言葉に従って、枝を動かして以来、おかしかった。自分の存在が薄れていくような……。おばあちゃん、いや、お母さんが亡くなってから、その症状はもっとひどくなっていた。

「そうみたい……。原因は?」

「お前も気づいているようだが、あの枝は、山王の力が強くこもっていた。お前の存在は神に近いが、神としてはずっと強い、山王の力に触れて、弱まってしまった。例えるなら、小さい影が大きい影の中に入れば、見えなくなってしまうようにな」

気のせいじゃなかったんだ……。

「そして、母を失ったことで、お前の存在はさらに薄くなった。このことは、もう説明しなくもよいな」

白髪の人の口調は冷静だったけど、悲しそうに見えた。

「あたしは……どうなるの?」

人間ではいられなくなる……、なら死ぬのと一緒。末期ガンの患者さんも、きっとこんな気持ちなんだろうと、思った。

「お前のことを、すべて透に話した」

爆弾を投げつけられたような気持ちになった。

「えっ⁉　どうして⁉　なんで断りもなくそんなことをするの‼」

「すまない……。隠しきれなかった。だが、透は大丈夫だ。そして、朕以外の神々もお前に力を貸してくれる」

「大丈夫って……。何が大丈夫なのよ……」

さんざん、神さまなんて嫌いって言ってたあたしが、実は神さまの仲間なんて……。何も思わないわけないじゃない……！

「大丈夫だよ」

そう言ったのは、透だった。いつの間に……。彼の周りには神々の姿が見える。あたしが、さんざん嫌いって言ってきた神さまたちだ。

「透……。来てたんだ……」

すごく後ろめたい気分になってきた。記憶がなかったとは言え、普通の女の子みたいな顔で付き合ってきた。ずっとだましてきたのと一緒。思わず目をそむけるあたし。でも、透はそっとあたしの両手を握った。

「ごめんね。ずっと気づいてあげられなかった」

そう言って、強く両手を握る。

「初めて会った時から、何となく神々しいなとは思ってたんだ。すごく、まぶしかったから。でも、さすがに神さまの仲間なんて思わなかった」

照れ臭そうに、透は頭をかく。

「元はといえば、僕を助けるためにしてくれたことが原因なんだ。サツキが人間じゃないって言われても気にしないよ。それに、僕も秘密にしてたことがある」

坂戸神社に祀られている九柱の神。そのうちの白髪の人以外の八柱の神々に囲まれるようにして、透が立っている。

「僕は百年振りに現れた神媒体質なんだ。神さまにとってはすごく居心地のいい体らしくて……。日曜以外は毎日、交代でここにいる神さまに体を貸していた。あ、白髪皇子は遠慮してくれてたみたいだから、八柱かな」

気まずそうに話す透。そっか、それでいつも別の神さまの気配を感じたんだ……。

「サツキが神さまを嫌っていることは、知ってたけど、どうしても言い出せなかった。ごめんね。お互い、秘密があったんだ。だから、おあいこだよ」

そう言って、微笑んで手を差し伸べる透。その微笑は、涙が出るほど、まぶしかった。

「ありがとう……」

あたしは、その手を取る。その手は温かかった。いつかお腹越しに感じた、お父さんの手みたいに。

「さて、これで仲直りできたな」

丸太みたいな腕にピチピチの古代服。多分スサノオ。

「ここからは、私たちの仕事ですね」

なぜか狐を連れている女性。お稲荷だろうな。

「俺は苦手な分野だな……。皆に任せた」

脳筋っぽい言動に、細マッチョな体形。タケミナカタ？

「お主にもできる仕事はある。働いてもらうぞ」

天狗のような外見に長い鼻。あれがサルタヒコかな。

「大仕事になりますな」

古代服を着た地味なおじさん……。消去法でオオヤマクイ。

「サツキが今まで通りの生活ができる方法を、探りましょう」

平安貴族のような服装をした頭の良さそうなおじさん……菅原道真だね。

「朕も知り合いの神々を当たってみよう」

服装も態度も偉そうなおじさん。応神天皇でしょ？

「わたくしたちに任せなさい。二人は、行く所があるでしょう？」

古代服を着た綺麗なおば……ううん、お姉さん。ククリヒメね。何か身の危険を感じた……。

「どこ？」

思い当たる所はないけど……。

「お前の初めての友達の所だ。久……今は透の父親だが。もう、会えるようになっている」

白髪の人が教えてくれた。そっか、久君……。会ってみたい。どんな大人になっているんだろう。

「父さんなら、今は家にいると思う。行こう！」

透と手をつないで、あたしたちは透の家に向かった。あとには坂戸神社の神々が残った。あたしのために動いてくれる。大嫌いって言ったあたしのために……。

そういえば、透の家に来るのは初めてだった。今のあたしは、普通の人間と一緒で誰とでも話せる。神々が応急処置をしてくれたおかげだ。このままだと、半年くらいしか持たないらしいけど。

応接間のような部屋に入れてもらう。緊張する。あれから三十年以上たってる。忘れられていたら、どうしよう……。

「ほら、父さん、早く」

透がせかす。その後ろから、手を引っ張られながら、男の人が入ってきた。

「そんなに、引っ張るな。会わせたい人がいるって、急に言われてもな……」

新しくはないけど、清潔そうなシャツを着て、少しくたびれたジーンズを穿《は》いている。きっと休みだから普段着なんだろう。四十歳くらいのおじさんだけど、かすかにあの頃の面影がある……。

「……久君……」

じっと見つめる。それ以上の言葉が出てこなかった。

「…………」

座るのも忘れて、あたしの顔を凝視する。最初はとまどっていたけど、だんだん表情が明るくなる

……！

「サ、サツキちゃん!?」

覚えてててくれた。うれしかった。透と一緒にすべてのわけを話した。久君にも聞いてほしかったか

ら。

「……そうか……。あの手紙はサツキちゃんだったのか……。……実を言うと、あの時は、何となく誰かいる気はしたんだけど……。気のせいかと思って帰ってしまった。悪いことしたね」

謝る久君。そっか……。感じてくれてたんだ。

「でも、よく信じてくれたね」

透が、久君に尋ねる。確かに、神さまとか、普通の人には見えないなんて言われても普通は信じない。

「そりゃあ、お前……。三十年以上前とほとんど同じ姿で現れれば、信じるしかないさ。でも、あの頃と比べると成長してるな。今は中学生……?」

「中学二年生だよ。透と会ってから成長できるようになったから」

こんな話を大人になった久君とするなんて……。立派になったね。

「それで、神さまがサツキちゃんを、元通り普通に生活できるようにするために、奮闘してくれてるというわけだな」

「そう」

透が強くうなずく。

「神さまは皆出払ってるから。珍しく今は身軽だよ」

あたしのほうを見て微笑む透。神さまと同居なんて……。大変なんだろうなぁ……。想像できない。

「いつも様子がおかしいと思ったら、神の依代か……。確かに、神代家の家系は苗字からも分かるように、代々神さまとゆかりがあったらしいが」

神代……神が付いているくらいだもんね。

「俺やお前ができることはあるのか？」

久君が透のほうを見る。

「特にないみたい」

「そうか……。文字通り神頼みか……」

久君は腕を組み、目を閉じて考え込む。

「それじゃ、遊びに行こうか」

思わず、透と二人してズッコケる。

「何で、そうなるんだよ」

苦笑しながらツッコむ透。

「俺も、あれ以来サツキちゃんとは会っていないから、一緒に遊びたいんだよ」

「ええっ⁉　まさか、公園で一緒に遊ぶつもり⁉」

心底イヤそうに叫ぶ透。

「アホか。いい年してそんなことできるか！　まあ、親子連れならやっている人もいるが……」

「名所や観光地に行くってことだよ。ああ、透、お前もついでに連れてってやる。感謝しろよ」

「何だそれ……」

不満そうに口を尖らせる透。ちょっとあきれたけど、うれしい……。

「とりあえず川越にでも……いや池袋のほうがいいかな……」

「あ、でも、坂戸の外には出られないの……」

その辺は、まだ説明してなかった。

「そうなのか……。地縛霊みたいなもんなんだな。坂戸市内しかダメなの？」

「半径一キロくらいなら、坂戸から出ても大丈夫みたい。ワカバウォークくらいなら行けると思う」

白髪の人に、そんな注意事項を聞かされたっけ。

「もし、一キロ以上出たらどうなる？」

心配そうに尋ねる久君。

「物理的に出られないって言ってた。見えない壁に阻まれるとか……。無理矢理出ようとしても無理みたい」

白髪の人がそういう結界を張ったって言ってた。

「なるほど。出た途端に消えてしまう……というわけじゃないなら、危険はないな」

「うん」

いろいろ考えてくれてる。大人になっても、久君は優しかった。

「それじゃあ、市内近郊で良さそうな場所を探しておく。半年もあれば、かなり回れるだろう。今日はいったん帰りなさい」

「あ、父さん……」

久君にそっと耳打ちする透。

「ああ、そうか……。分かった。しばらく家にいるといい。母さんには俺から頼んでおく」

「ありがとう……、久君」

家に帰ってもお母さんもいないし……。気を遣ってくれたんだね。二人とも。

透のお母さんはすごくキレイで優しい人だった。あたしにもよくしてくれて、初めて、家族の団欒《だんらん》というものを味わえた。あたしは二人の友達のおかげで優しい時を過ごした。


「せいてんきゅう？」

「そう、聖天宮だ」

久君の車に乗せられて、三人で向かう。

「台湾のお金持ちが、不治の難病を患ってな。道教の神さま『三清道祖《さんせいどうそ》』にお願いしたら治ったそうだ。そのお礼に道教のお寺を作ろうと思ったんだが……」

手慣れた手つきで運転しながら、久君が説明してくれる。

「どこに作ればいいか、占ってみたら、なんと！　台湾じゃなくって、この坂戸の地に作れというお告げが出たそうだ」

やがて、広々とした駐車場に入る。軽く百台は入りそうなほど、広かった。

「わあ……！」

久君に伴われて、三人で入口に着く。たくさんの竜があしらわれた中華風の立派な門があった。門だけ見ても、日本じゃないみたいな感覚に襲われる。

「すごい……。坂戸にこんな所があったんだ……」

透も感心してる。

「入場料は……大人五百円、中学生は二百五十円か。ちょうど千円だな！」

三人で千円なら安いかも。何も言わずに久君が払ってくれた。さすが大人。

中に入ると、まるで異世界。至る所に道教の神さまの像や絵が飾られ、奥には門と同じように竜があしらった本殿がある。三国志で有名な関羽が元になった関帝聖君の像もある。

「中国に来たみたいだね！」

「ああ。昔テレビドラマで西遊記をやっただろう。そこのロケ地になったこともあるんだ」

透の言葉を受けて、久君が言う。

「へえー」

あたしは感心する。久君、そういうことも調べてくれたのかな。

「ここはコスプレもOKらしいぞ。予約が必要だそうだが。インスタ映えするな！」

「貸衣装でも用意してくれたら、もっといいかもね！」

そんなことを言いながら、中をお散歩する。中も広く、花壇にはお花がいっぱいだった。神紙を燃やして、願いことをする所や、火を灯して幸福を願う所など、台湾ならではの施設も所々にあり、飽きない。

「あそこに塔があるな。登ってみるか？」

「行こう！」

二人に連れられて、登ってみる。階段は狭く、急で一人ずつしか登れない。一番上まで登ると、大きな鐘と太鼓があった。両方とも三時に鳴ることになっており、勝手に鳴らしたらダメみたい。

塔を降りてみると、入り口に自動販売機があり、いろいろなお土産が売っていた。台湾の飲み物や金のしおりなんてものもあった。日本なのに、台湾の気分が満喫できる、そんな場所だった。


「……橋だね……」

「……うん、橋だ……」

透と二人でつぶやくしかなかった。

「ただの……橋だ……」

愚痴るようにつぶやく透に、たまりかねて久君が叫ぶ。

「いやいやいや。ただの橋じゃないんだって。よく見ろ、すごく古めかしいだろ⁉」

「……っていうか、古いだけじゃん」

つまらなそうにうなずく透。

「お前らは、この橋のすごさが分かってない。……いいか、今時こんな古い造りの橋は、貴重なんだ」

「へえー」

興味無さそうに相槌を打つ透。

「……我が息子ながら、かわいくない……！　この橋は一九九四年は台風、二〇一四年には大雨で焼失した。それでも、わざわざこの古い造りで復旧している。六千八百万もかけてな」

「ろくせん、はっぴゃくまん……なんだ、億もいかないのか……」

「そのわけが、分かるか!!」

無視して答えを強制する久君。その迫力に、透もたじろいでいる。

「わ、分かりません。ごめんなさい」

二人のやり取りに吹き出してしまうあたし。

「関東近辺でこういう橋は珍しいんだ。だから、大河ドラマや民放のドラマでもしょっちゅうロケ地になってる。だから、わざわざ大金をかけてこういう橋にしているんだ」

「コンクリートや鉄製のほうが頑丈なのに……」

不満そうにつぶやく透。

「最近では、『この世界の片隅に』ってドラマでも使われたそうだぞ」

「ああ、それ観てた！　アニメのほうの映画も観たことある!!」

一気にテンションが上がる透。やっと久君の思いが通じたみたい。

「こっちは、坂戸側だが……。渡り切ると東松山になる。大丈夫なんだよな？」

「そのくらいなら大丈夫」

うなずくあたし。

「じゃあ、そこのバカ息子と橋の良さをかみしめながら、渡ってみてくれ」

「はーい！」

二人で手をつなぎながら、仲良く橋を渡る。と言っても、渡る分には普通の橋かな。木製だけど、丈夫にできているみたいで、吊り橋みたいにグラグラしているわけじゃない。時々車も通る。一台ずつしか通れないけど。

「この辺の川岸も、仮面ライダーのロケ地になってるらしいぞ」

そう言われると、川岸は割と広々としてる場所が多いから、ロケには都合がいいのかもしれない。向こうでは、家族連れが水遊びをしてる。周囲は一面の緑。自然を楽しむのにもいいかも。せっかくなので、周囲を散歩してから、三人で水遊びして帰った。後日、ＮＨＫのＢＳで放送している、某俳優が自転車で全国を回る番組でも紹介されてた。

これから行くのは、醬油のアミューズメントパーク。あたしたちが通っているＳ山学園を通り過ぎて、蕎麦屋さんのすぐ近くにある。

「醬油の作り方を学びながら、醬油絞り体験や、醬油の原料を使ったお菓子などが楽しめる所だ」

「楽しそうだね！」

何でも醬油ソフトクリームなんてものもあるらしい。しょっぱいソフトクリーム？　食べても大丈夫かな……。

「本社は坂戸なんだが、工場自体は日高市なんだ。まあ、隣町だから一キロも離れていないが」

大きくはないけど、小ギレイな建物。こちらは本店で、川越にも支店があるらしい。中に入り、一階の売店で久君が申し込みをする。土日は十時から十六時まで一時間毎に計七回の工場見学を受け付けている。平日も可能で、十時半から十五時まで五回。平日なら、実際に作業しているところが見学できるそうだ。今日は久君が休みの日を利用したので、土曜日だけど。

売店には何種類もの醬油の他、そばつゆやドレッシング、変わったところではもろみカステラなんてものも売っていた。売店の外にあるベンチで待っていると、工場の人が出てきて、実際の施設まで案内してくれる。見学場所は、実際の作業場までは入れないが、よく見えるようにガラス張りになっている。上のほうには小さなモニターがあり、作業のない土日には、この画面から作業の様子が観られるようになっている。工場の人が慣れた口調で説明してくれた。醬油の原料は主に三つで、一つは大豆。一つは小麦。もう一つは天日塩。天日塩は海水から太陽の熱により干した塩だそうだ。大豆と小麦の比率はほぼ一対一。なのに、大豆の印象が強い。細かい作り方は省略して、これらの材料を……もろみと言われる発酵して柔らかい状態にする。このもろみを風呂敷に包み、一枚一枚ていねいに重ねて、絞る。絞って出てきた液体が醬油。実際はこれを加熱して製品として出荷するんだけど、ここでは、加熱していない「生《き》醬油」を買うことができる。この醬油は一般に比べると濃いそうだ。様々な菌が生きている状態のため、冷蔵庫で保管しないとダメ。また、油分がドレッシングみたいに分離するので、使うときにはよく振らないといけない。久君が一本買っていった。また、二階の食堂には、先ほどのもろみを絞る体験ができる。てこの原理で体重をかけると、絞り出した醬油が少しずつ器に落ちていく。ちょっとした作業だけど、自分の力で醬油ができていく体験はここでしか味わえない。少しうれしくなった。

最後に、お目当ての醬油ソフトクリームを食べてみる。

「少し茶色っぽいね」

透が言う。

「醤油が入っている感じがするな。早くなめてみろ」

「父さんこそ」

二人とも、ソフトクリームとにらめっこ状態でなかなかなめようとしない。あたしもだけど。確かにしょっぱそうな色合い。

思い切って、なめてみる。

「……！　美味しい!!」

「どんな感じ？」

「ほのかに醤油の味と香りがするけど……。かえって甘さを引き立ててる感じ。濃いミルクの味がする」

あたしの説明を聞いて、二人ともおそるおそるなめてみる。……！　やっぱり親子だね。なめてる姿がそっくり……！

「ホントだ、うまいよ、これ！」

「ああ、いける！　大人の味だな」

したり顔をして大人アピールをする久君。なんかカワイイ。

食堂のモニターでは醤油の作り方の動画が流れていた。また、内装は廃棄された桶が再利用されていて、シャレた感じだった。ゆっくりソフトクリームを楽しんでから、一階の売店でお土産を買って帰った。

「宇宙ガラス……！　なんかすごそう！」

坂戸駅から歩いて二十分ほどの場所に、宇宙ガラスの制作体験ができる場所があると聞いて、久君に連れられて来てみた。駅の北口の通りをまっすぐ行って図書館を通り過ぎ、次の交差点を左に曲がる。着物屋さんが見えてくるので、そのすぐ隣に、その工房があった。

「ここだな。向かいに駐車場があるな。車で来てもよかったか」

「そうだよ。こんなに歩かされて、サツキがかわいそうだ！」

あたしを気遣うふりをして久君を責める透。反抗期なのかな？　まあ、いつもこんな感じだけど（笑）。

「そうだな。お前だけ歩きで来させれば、よかったな」

耳を引っ張りながら言う久君。

「イテテテ、痛いよ！」

痛そうだけど、どこか楽しそうな透。うらやましい。

「予約の方ですね、どうぞ～」

店に入ると、感じの良さそうなおじさんが迎えてくれる。四十代かな？　久君とそんなに変わらないかも。店の中は半分が店主さんの作ったガラスのアクセサリーが飾ってある。残りの半分のスペースが作業台になっていて、ガラスの制作体験はそちらでやる。

対象は中学生以上で、指導付きなら二人までだそうだ。あたしたちにはちょうどいい。小学生でもできるけど、安全のために別の作業になるらしい。スポンサーの久君は見学。やりたそうだったけど、子供を優先するところは、さすがに父親だった。料金は一人五千四百円だけど、オパールを入れると二千七百円プラスされて、八千百円になる。二人ともオパール入りのコースにしてくれた。うれしいけど、少し申し訳ない……。

まず、店主さんが用意してくれているベースのガラスを選ぶ。宇宙をイメージしたらせんの模様は、前もって何種類か作ってくれているので、そこから選ぶ。次に、入れるオパールを選ぶ。色々な色があるが、角度によって色が変わるので、どれを選んでもキレイに見える。あたしはピンクにしてみた。それから、自分で選んだガラスを、バーナーの炎であぶる。ただ、あぶるのではなく、ひたすら回す。回すことでキレイな円形になるんだって。

「透君は速すぎる。もっと、ゆっくり回して。もっと、もっと。そうそう、そのくらい」

透はせっかちなくらい速く回してた。あたしにはとてもできないので、ゆっくり自分のペースで回す。

「いいね。サツキちゃんはその調子で」

「はい！」

店主さんのＯＫが出たので、そのペースを崩さないで回し続ける。それでも少し疲れてきた。

「そろそろ、オパールを入れようか」

「どうやるんですか？」

少量のガラスでオパールを包むと、慣れた手つきで回す店主さん。

「こうして、ガラスで包むんだよ。直接やってしまうとせっかくのオパールが曇ってしまうからね」

店主さんの細かい指示に従い、棒を使ってガラスの中にオパールを入れる。

「いいね。また回して。ゆっくりね。特に透君は、もっとゆっくり」

透も指示通りにオパールを入れた。目を離すとすぐに速くなる透。疲れないのかな？

「よし、次は銀を付けてみようか」

「銀？」

店主さんは削った金属を見せてくれる。

「削った銀だよ。これを付ける。その下に黒いガラスを付けると星みたいに見えるんだ」

よく分からないけど、指示通りに熱したガラスに銀を付ける。

「よし、上手くできた。もう少し回したら、次はこの黒い板をつける」

「はーい」

できるだけていねいに回しながらうなずく。

根気よく、ていねいに教えてくれるから、安心して作業に集中できる。黒い板も上手く付けられた。透も上手くいったみたい。

「よし、あとはこっちで引き受けるよ。二人とも、ご苦労さま」

ペンダントの糸を通す輪になる部分だけは、さすがに素人では無理なので、やってくれる。あとは、ガラスが冷めるまで待つだけだ。雑談の合間に、紐とビーズを選んで終了。出来栄えは……。

ボールを半分に割った半球状。下には黒い板があり、その上に削った銀がいくつもあって銀河のように見える。その上にはらせん状の模様があり、さらにその上に七色に光るピンク色のオパールが浮かんでいる。その様子はまさに小宇宙に浮かぶ惑星のようで、とってもキレイだった。

「上手くできたね！　僕は、疲れたよ……」

透のも上手くできていたが、回しすぎて疲れたみたい。最初はすごく速かったしな……。疲れたおかげで、ちょうどいい速度で回せたのかも。

「それじゃ、お世話になりました」

久君が料金を払ってくれる。さっき店主さんとこっそり話して、直接予約を取っていた。やっぱり、やりたかったらしい（笑）。

今度は少し変わってイベント。毎年、十一月三日の文化の日にちなんで行われる坂戸産業まつりに連れてってもらった。

今年は三日（土）と四日（日）の二日間。駐車場はたくさん用意されているが、普段は会社の工場として使われている駐車場がこの二日間だけ開放されていたので、止めさせてもらう。会場からは少し遠いが、広くて止めやすいのがいいんだ……とは久君の談。会場には、この日のみの無料のバスも用意されているから、車がない人でも来やすい。目的が同じ人がたくさんいるようで、ぞろぞろと集団で歩いているから、付いていくだけでよかった。会場は、坂戸の運動公園……の駐車場。上手くスペースを利用して、出店や観覧席を作っている。体育館の前にある踊り場をステージにして、和太鼓やギターの演奏、ヒーローショー、アーティストのコンサートやよさこい踊り、大抽選会など、盛りだくさん。体育館では、地元坂戸の企業や自然の展示がされている。向かいにある公民館ではバザーもある。坂戸中の人が集まってるみたいに、多くの人がいた。

「何でも好きなものを食べなさい。透、迷子にならないようにな。サツキちゃんを頼むぞ」

久君はお目当てが別にあるようで、透とあたしに二千円ずつ渡して、よそに行っちゃった。

「分かった。あ、もう千円ずつ……。……もう行っちゃった。さすがに速い……。我が父ながら、できる」

二人のほほえましいやり取りを見る。あたしも、お父さんが無事だったら、こんな関係になれたんだろうか。二人で仲良く出店を回る。クレープや、アイスなどの洋風から、焼き団子や大判焼きなどの和菓子、フライドポテトやフランクフルトといった定番のもの。ケバブやしゃもめし……？　と言うのもあった。ケバブは透によるとトルコ地方のハンバーガーで、しゃもめしは、坂戸で飼育されてる「タマシャモ」という鶏肉の入ったご飯なんだって。よく知ってて、ビックリ。予算が限られてるから、二人で分け合いながら、できるだけ多くの物を味わった。

お腹もいっぱいになったので、展示を見たり、ステージを見たりして時間を潰す。

「あっちに行ってみない？」

透があたしの袖を引っ張る。言われるままに行ってみると、そこには子供用の免許証があった。もちろん、おもちゃだから本物じゃないけど……。見かけは本物そっくりだった。値段は一人百円。安い……。でも、もうお金がないや……。

「このくらいなら、僕が持ってるよ。一緒に作らない?」

「いい記念になりそうだもんね。甘えちゃって、いい?」

「もちろん‼」

嬉しそうに答える透。結構混んでいたけど、待ち時間も苦にならなかった。

「結構、よくできてるね！」

「うん‼」

作ってもらった免許証を並べてみる。自分の顔写真は、少し照れ臭いけど、何か成し遂げたみたいで、誇らしかった。


他にも、いろいろな所に行った。地元の坂戸出身の落語家さんの落語会に行ったり、ワカバウォークに行って映画を観てウィンドーショッピングしたり、慈眼寺っていうお寺で、ジャズを聴きながら、しだれ桜を見たり。永源寺っていうお寺でお釈迦さまの大きなお祭りがあるって聞いたけど、五月だからまだ先らしい。お菓子で有名な明治の工場見学にも行きたかったけど、平日しかやっていなかったので、行けなかった。久君の都合がつかなかったから。

桜は、もっとキレイな場所があるって久君に聞いたから、連れてってもらうことにした。

もう三月。卒業式も日に日に近づいている。神々からは、何の連絡もないけど、ここまでは持った。もう半年以上過ぎたけど……。

駐車場の関係で車では行きにくいらしい。久君の案内で歩いていく。坂戸神社の裏の道を通り、畑の中の小道にある踏切を通って花畑を通り過ぎる。大通りに出てから、横道に入って坂戸温泉辺りまで歩くと、高麗川のほとりに出る。そこに、久君の言った桜の名所があった。立派な桜の木が川のほとりにずらっと並び、一斉に花を咲かせている。一面が、桜、桜、桜でいっぱい。その様子は、圧巻の一言。坂戸を長い間、さ迷っていたけど、こんな景色には気づかなかった。

「よく来たな」

そこにはスサノオの姿が見えた。そっか……。もう終わりなんだ。

「天王さま。どうしたんですか？」

透が尋ねる。久君には見えていないみたいだ。あたしには見える。今までは同じような存在だからだと思っていたけど、きっと今回は違う。

「詫びを言いに来た」

ハッキリと聞こえた。スサノオは根の国の主。根の国は黄泉の国。つまり死者の国。彼が迎えに来るということは……つまり、そういうことだ。

「何のことです……まさか……!?」

みるみるうちに暗くなる透の表情。

「そうだ。わしらは力を合わせてサツキを救うすべを探したが……。万策尽きた。サツキは間もなく消える。わしが来たのは、サツキを根の国に案内するためだ」

暗い表情で、キッパリと。スサノオはあたしに告げた。不思議に心は落ち着いていた。幸せすぎた。もう頃合いだと思ってた。

「そんな、任せとけって言ったじゃないですか⁉」

「いいの、透。もう、いいから」

透の手を握って、彼を止めた。

「でも……」

泣き出しそうな顔で、あたしを見つめる透。本当は、泣きたいのはあたしのほう。先にやられちゃった。

「……見送ってやれ」

そう言って、久君は透の肩を叩いた。久君……。やっぱり大人だね。でも少し涙目になってる。ありがとう、楽しかったよ。

一面の桜をバックにお父さんとお母さんの所に行ける。幸せ者だと思う。生まれることすらできなかったあたしが、こんなに優しい人たちに出会えて……。ふと、透を見る。がっくりとうなだれてる。

「そんな顔しないでよ」

透を強引に起こし、抱き寄せる。唇を合わせる。もちろん、初めての体験。もっと先のこともしたかったけど……。今のあたしにはこれがせいいっぱい。元気を出してよ、透。

あたしは幸せだったんだから。

「……！」

あっけにとられる透と、息子を見守る久君を残して、あたしは父さんと母さんの所へ行った。

スサノオが導いてくれる先には、男女の姿があった。言わなくても分かる。あたしの両親。お父さんと会うのは初めてだけど、すぐに誰か分かった。

二人ともにっこり微笑んでる。こんな若いお母さんに会うのは久しぶり。向こうで、三人で暮らせるのかな。

終章

「親子二代で振られちまったな」

父の声が響く。うまいこと言ったつもりらしい。

「元気出せ！　お前にも、いつかいい人が現れるから」

途端に陳腐なセリフが来た。励ましたい気持ちは分かるけど、そっとしておいてほしい。キスの感触……まだ唇に残っている。これが最後だなんて……。

「……ん？」

サツキの消えた辺りに何か落ちていた。拾ってみる。ああ、あの時の子供免許証だ。

少し恥ずかしそうに微笑んだ写真にサツキの名前。これが、彼女がこの世にいた唯一の証明なんて、悲しすぎるよ。

「おい、見ろ、透!!」

なんだよ、もう。ほっておいてくれ。

「……ん？」

気配を感じて、ふと前を見る。

「……帰って……来ちゃった」

バツが悪そうに微笑む、サツキの姿が、そこにはあった。

「ど、どうして、な、なんで……⁉」

慌てて駆け寄る。

「理由は分かんないけど、お父さんとお母さんに、ここに連れ戻された。『まだ早いよ』って」

やられた！　神さまたちに担がれた‼

「人聞きの悪いことを言うな。今回は運がよかっただけだ」

天王さまが現れる。他の八柱の神さまもやってきている。

「万策尽きたのでね。奥の手というか、賭けに出たのですよ」

天神さまが言う。

「その桜を見てみな」

お諏訪さまが、桜の木を指さす。満開の桜があるだけだけど……？

「あなたは言葉が足りないんですよ。正確には、桜の向こうに見えている……月です」

お稲荷さまが説明してくれる。

「我らの力だけでは、サツキを人間にするには、どうしても足りなかったのだ」

天狗さまが腕を組みながら言う。

「それなら、他の神を呼べばいい。できるだけ高位の神を」

山王さまがしたり顔で言う。

「日本の神でもっとも高位な神さまは、上から三人います」

意地の悪そうな顔で、白山さまが言う。

「そういえば、天王さまから聞いたような……」

「一人は天照大神（アマテラスオオミカミ）。太陽神だ」

八幡さまが教えてくれる。

「もう一人は、月読（ツクヨミ）。月の神だ」

今度は、白髪の皇子が教えてくれた。

「もう一度、その桜の木のほうを見てみろ。……月が見えるだろう？」

天王さまが指さす方向に、確かに丸い月の姿がうっすらと見える……。

「言うまでもなく、太陽は出ている。そして、最後の一人、スサノオは目の前にいる。三貴神が揃ったというわけだ。……まあ、早く言えば、姉者と兄者にねだったわけだ。助けてくれとな。自慢にはならんが」

ええっ！　三貴神の一人がおねだり……⁉

「二人とも高位すぎてわざわざ呼び出すことはできん。姉者は、昼ならいつも上から見ているからいいが、兄者は夜しか来ない。だが、ここの桜は神の間でも評判でな、兄者もよく見に来ることを思い出したのだ」

「思えば二人には、……特に姉者にはさんざん迷惑をかけた。聞いてくれるか分からなかった。方法はこれしかないし、過度の期待を持たせたくなかったから、ああ言ったのだ」

あっけらかんと言う天王さま。

「あとは後ろを見るがいい」

天王さまの言葉に後ろを振り返る。

そこには岩戸や想兼嬢、藤原君やクラスのみんな……サッキと一緒に回った名所やイベントで出会った人たちが集まっていた。

「坂戸の住人たちにも力を借りた。彼らは強くサッキの存在を信じてくれた。皆の協力があっての奇跡だ」

「……ありがとうございました」

素直に僕は頭を下げてお礼を述べる。サッキもちょこんと頭を下げた。岩戸や想兼嬢は意地の悪い笑いを浮かべている。

「まあ、わしらに感謝する必要はない。感謝するなら、その桜と、桜を育んだ坂戸の地、そこにいる坂戸の住人たちにするとよい」

謙遜しているつもりらしい。まあ、いいか。少し恥ずかしかったけど、いい思いもできたし、サッキも帰ってきたし。でも、いいさらし者だ。クラスのみんなの前で……キスするなんて……。

「あ、あたし、先に帰ってるね～！」

すごい勢いで駆け出してしまうサッキ。今頃恥ずかしくなったらしい。あの方角は僕の家だな。僕も走り出したい気分だが、よそに行ったほうが良さそうだ。

　こうして、坂戸の事件は幕を閉じた。神さまの依代なんてやってると、ちっちゃい事件はたくさんあるけど、キリがないから、また今度。最後に「S神さま」の「S」だけ説明しようかな。Sはいろんな言葉の頭文字になっている。今回の桜もSだし。僕の体を依代にしてる神さまたちはわがままで、付き合うのは正直疲れるけど、嫌いにはなれない。どっちかって言えば好き。好きの頭文字もS。まあ、そういうこと。これからも、「S神さま」やサツキ、皆と坂戸で生きていきたいと思う。なお、めでたく人間になったサツキとは告白？　を済ませた感じだけど、お見合いみたいな照れ臭いような、甘酸っぱいような雰囲気で、今のところ進展なし。


「ちょっと待て」

　天王さまからツッコミが入った。

「何ですか、もう終わりなんですけど」

「引っ越しはどうなった？」

　そういえば、言ってなかった。

「やっぱり、坂戸がいいんで。ここに残ることにしました。というか、転勤自体がなくなりました」

　てっきり、神さまの力でそうなったと思ってたんだけど。

「それは偶然だ。わしらは何もしておらん」

「おかしいな。僕を手放したくなくってそう手を打ったのかと……」

父さんががんばってくれたのかな。

「いいや。だいたい、坂戸を出たところで、お前はわしらと離れられんぞ」

サラッととんでもないことを言う天王さま。

「何ですって⁉」

目を丸くして抗議する僕。

「わしらはどこにでもいる。わしらを祀る神社があれば、そこに現れることができる。周りに一つも神社のない場所など、ほとんどないからな」

なんてショッキングな……。僕は一生神さまから、離れられないのか……。

「まあ、透はわしらが見えるから、実感ができるだろうが……。本当は、どんな人間の中にも神はいるのだぞ」

「……というと……？」

「よいか、『鏡』という物があるな。これは『かがみ』と読み、自分自身を映すものだ」

「それくらい子供でも知ってますよ」

「その通り。子供でも知っていることだ。この『が』の部分は『我（が）』と書き換えることができる」

「それがなにか……？」

「『我（が）』を取ると、何が残る？」

「『かみ』です……！」

「そういうことだ。どんな人間にも神が宿っている。それと同じように、日本全国どこに行こうとも、わしら神もいる。お前やサツキを白髪のが見守っていたように、すべての人間を産土神のような神が見守っているのだ」

言葉遊びのようなものだけど、スジは通っていた。

「ゆめゆめ忘れるなよ！」

そう言って、天王さまは僕の中に戻る。少しショックだけど、少し嬉しい。

僕みたいに実感はできないかもしれないけど、きっとここまで読んでくれた皆さんのことも、神さまは見守ってくれているでしょう。最後にそれをお伝えして、今度こそ終わりです。

了

後書き

この作品を書くきっかけは一種のリハビリでした。若い頃作家を志し、細々ながらも書き続けていましたが、ある理由からスランプに陥り、書けない時期が続きました。そんなある日、ラジオの広告で出版相談会のことを聞き、早速参加。手ぶらで行くわけにいかないので、間に合わせの企画として、生まれ故郷の坂戸市を舞台にしたファンタジーを書きたいと持ち込んだのが始まりです。幸い、反応がよかったため、そのまま進めることになりました。実在の場所ですから、当然取材が必要になります。地元の資料を集め、名所や遺跡を回り、市内の歴史の発表会や催し物にも積極的に参加しました。正直、書き始める前まではあまり感じていなかった、坂戸の魅力にすっかり取り憑かれていました。気づいた時にはスランプも脱出。二年という時間がかかりましたが、無事書き上げることができました。

作品の大半は実話が元になっています。戦争体験や水害の話も実際にあったことです。一つ例を挙げますと、物心ついた時から母が仏壇に、毎朝ミルクを供えていました。気づいた時は子供でしたので、仏壇にはミルクを供えるのが当たり前なんだろうと思っていましたが、父からふとしたことで、その理由を聞かされました。最初の子供を流産してしまい、その子のために供えているんだと。大きなショックを受けました。自分に、生まれることができなかった兄か姉がいたこと。そして、男の子か女の子かさえ分からない子供のために、今でもかかさずミルクを供え続ける母の姿。母の愛は海より深いという言葉がありますが、この時、強く実感しました。作中のような奇跡もきっと起こせるだろうと思ったわけです。

この作品のテーマは坂戸の町おこしですが、書き終えてから、増えました。最後まで読んでいただければ、お分かりになると思いますが、私が味わったように、この作品をきっかけにして、故郷や今暮らしている場所を見直していただきたいということです。土地にはそれぞれの神々がおり、それぞれの良さがある。灯台下暗しという言葉があるように、身近なものであればあるほど、気づかないものです。私がそうであったように。

八百万の神々のことを一から十まで教えていただいたSさん、出版相談会から助言をいただき、多大な協力をしていただいた山田さん、担当として出版まで導いてくださった今泉さん、お二人をはじめとした文芸社と印刷所の方々、温かく支えてくれた家族、坂戸の人々と日々見守ってくださる神々、最後にこの本を手に取ってくださったあなたに、この場を借りて厚く御礼申し上げます。誠にありがとうございました。

小坂レオ

参考文献

坂本太郎『人物叢書　菅原道真』吉川弘文館　一九九〇年
今正秀『摂関政治と菅原道真』吉川弘文館　二〇一三年
Cosmic Mook『熱狂！　日本全国よさこい踊り』コスミック　二〇〇八年
坂戸市教育委員会『坂戸の民俗 二』
金子安幸『高萩の伊之松と赤尾の林蔵　最期の対決　武州日光往還道演義』文芸社　二〇〇三年
横山光輝『史記　五巻』小学館　二〇〇五年
坂戸市立図書館『郷土の人　大川平三郎』
大川平三郎を広める会『郷土さかどの偉人　日本の製紙王　大川平三郎』
坂戸市教育委員会『坂戸人物史　第一集』『坂戸人物史　第二集』
埼玉県坂戸市教育委員会・監修『坂戸市文化かるた』
埼玉県坂戸市教育委員会『入西のビャクシン』
坂戸市教育委員会『坂戸市文化財ガイド　ふるさと探訪』
坂戸市教育委員会『坂戸市の民俗 二』『坂戸市の民俗 三』『坂戸市の民俗 三 写真図版』
坂戸市教育委員会『坂戸風土記 第二号～第五号』『坂戸風土記 第八号』「坂戸風土記 第十三号～第十四号」
田中一郎『画文集　さかど』埼玉新聞社　二〇一一年
西野博道 編著『埼玉の城址めぐり』幹書房　二〇一〇年

関裕二『応神天皇の正体』河出書房新社　二〇一七年
林順治『八幡神の正体』彩流社　二〇一二年
古川順弘 テキスト／カワグチニラコ イラスト『イラストでよくわかる日本の神様図鑑』青幻舎　二〇一七年
平藤喜久子『日本の神様　解剖図鑑』エクスナレッジ　二〇一八年
神社本庁 監修『神社のいろは　神社検定公式テキスト 一』二〇一二年
神社本庁 監修『神話のおへそ　神社検定公式テキスト 二』二〇一二年

参考記事

埼玉新聞「希少種のコクラン、坂戸で群生」二〇一八年二月一〇日（土曜日）配信

参考サイト

マナペディア
食べログ

参考動画

住田勝 制作「大空への夢 ふたたび」
坂戸市公式チャンネル「坂戸CM公園家族編」「坂戸でスポーツ日和編」「坂戸CM歴史編」

著者プロフィール

小坂 レオ（こさか れお）

東京都八王子市で生まれる。生まれてすぐ、坂戸に引っ越して以後四十年以上住んでいるので、故郷は坂戸だと思っている。当然、東京よりも埼玉派。某埼玉ディスり漫画はブームになる前に知っていたが、作者のM先生の三十年来のファンだったので、ショックを受けた。産土神はウカノミタマかコノハナサクヤヒメ。産土神の定義には諸説あるので、どちらとも言えないが、どちらかと言えばウカノミタマさまのほうがいいです。コノハナサクヤヒメさまごめんなさい。

S神さま!!!!!!!!!

2019年８月15日　初版第１刷発行

著　者　小坂 レオ
発行者　瓜谷 綱延
発行所　株式会社文芸社
〒160-0022　東京都新宿区新宿１－10－１
電話　03-5369-3060（代表）
03-5369-2299（販売）

印刷所　株式会社フクイン

©Reo Kosaka 2019 Printed in Japan
乱丁本・落丁本はお手数ですが小社販売部宛にお送りください。

送料小社負担にてお取り替えいたします。

本書の一部、あるいは全部を無断で複写・複製・転載・放映、データ配信することは、法律で認められた場合を除き、著作権の侵害となります。

ISBN978-4-286-20809-1